eye

守望者

——

到灯塔去

深海之镜

保罗·策兰
的陌异诗学

冯冬 著

Mirror in the Deep Sea

Paul Celan's Poetics

of Strangeness

南京大学出版社

给策兰

在维也纳,巴黎
你一定见过五彩的生命之粒
被一只技术不佳的手
以必然的名义送往任意洞口

迟早入袋,与别的球混在一起
相近,相切,长眠

但也可能有一个你逃离这虚拟
沿未经计算的曲线
飞往未经计算的时间
漫长的身后之旅

有时以运气,有时以撞伤
有时得分,有时被罚
有时被词语诱惑着,要与
苦难的上帝对弈

目　录

序言 ……………………………………………………… I

第一章　石头开花：策兰与诗的（不）可能性 ……… 001
　　思之划痕 ……………………………………………… 003
　　表象的灾难 …………………………………………… 022

第二章　"绝对"的崩塌：早期策兰与后浪漫主义陌异 … 045
　　"绝对"的穿刺 ………………………………………… 047
　　无限性的泡沫 ………………………………………… 069

第三章　无人的影子：策兰的虚无话语 ……………… 089
　　虚无的持立 …………………………………………… 091
　　重力的克服 …………………………………………… 111

第四章　黑暗接种者：晚期策兰的世界 ……………… 135
　　诡异：死亡之抗拒 …………………………………… 137
　　天空的尺度 …………………………………………… 160

结语 …………………………………………………… 185

参考文献 ……………………………………………… 194

序　言

　　策兰（Paul Celan）是诗的试金石，正如海德格尔是哲学的试金石，一个当代读者对这两者的看法往往决定他对诗、哲学的看法，并进一步决定他对诗与哲学之关系（或非关系）的看法。"符号被阐释到/崩坏/烧焦、腐烂、浸渍。"策兰诗里有某种摄人心魄之物、绝对陌异之物——本书试图从理论上阐明它到底是什么或能是什么。这里的"理论"不再是现成的文学或美学理论，而是策兰诗作所源出的那些自古希腊以来就主导着西方思想并不断得到规定的观念或理念：表象、绝对、无限、存在、虚无、至高者，它们被策兰不同程度地"剥入"自己的诗作。于是本书仅仅保持为对思想史和策兰作品之双重矿脉的采掘。也许本书的理论倾向是"难以忍受的"，但读者如能忍受此倾向，那么也能看到策兰诗被理论之力吸引之后形成的倾斜角度。

　　同很多诗人不一样，策兰不再相信世界的可读性，也不再认为抒情的"我"应居于诗的中心。如果说早期策兰还有后浪漫主义风格，那么中晚期策兰则独一地进入了弱世界或无世界（石头与影子的世界），其对表象体系以及"世界之为世界"的穿透使得我们不再能够像伽达默尔那样去"裸读"策兰。释义学之于策兰是必要而非充分的，这也是为什么解构、精神分析、神学等解读也都是必要的，因为策兰诗并非包含了"读懂"它所需的一切，实际上，策兰诗所言巨大，言语则寥寥。这也是为何解读者们在策兰词语之异常扑朔迷离中常不由自主地变成他的注释者，仿佛理解了策兰的词就把握了他的诗。然而，如荷尔德林和诺瓦利斯对德国观念论的贡献，策兰也不仅仅是一个形而上学的热切读者，他更以诗的方式深度参与了西方思想在二战之后的转变。我们即将看到，策兰是把自己当作一个形而上思考者而非仅仅诗人来看待的，自始至终，策兰以陌异之词隐约地暴露的往往是哲学奠基之物的裂隙，往往是某个思想体系（黑格尔、尼采、海德格尔）的理论疑难。如此，策兰力图在根本上介入被哲学（强行）居有的思考过程，剥离其看似强大的理论力量。纳粹主义如果不是奠基于出自人自身但不再能被归于人性的某种"绝对"，它何以毁灭大半个欧洲？

本书的出发点正是策兰与当代思想共同活动其中的场域——表象之灾难，进而，我们进入到早期策兰诗作，探察诗人如何以概念之陌异化来回应德国浪漫主义哲学中的"绝对"与"无限"，我们将目睹策兰的黑格尔时刻。接着，我们步入"转向"之后的策兰诗作，即他从《语言栅栏》开始的创作，将着力考察策兰对虚无的运用，以及尼采－海德格尔虚无主义论题如何在策兰这里成为"不可完成的"。然后，我们以弗洛伊德的"本我"、"死亡驱力"概念来照亮策兰晚期诗里的盲目而黑暗之物；最后，我们将召唤荷尔德林－海德格尔的"四重体"与"不可见者"，以揭示策兰与"世界性"的争执。直到生命最后，策兰仍在思考时间性、不可见者与界限的问题，这独一地把策兰归为不仅是深渊（Abgrund）而且是源渊（Ungrund）的书写者。

本书的写作从筹划到完稿历时七年，也依然是一部未完成之作。对于策兰，似乎可以无限地说下去，但知道何处言止乃是一种幸运，正如策兰诗作不断告诉我们，无限/永恒的事物往往是可怕的。本书部分章节发表于以下刊物：Partial Answers: Journal of Literature and the History of Ideas，《中外文学》《文山评论：文学与文化》《外国文学》《德语人文研究》，笔者在此对匿名审稿人表示感谢。此外，感谢 Ayin 对我一直以来的乌托邦般的精神支持。

第一章

石头开花:策兰与诗的(不)可能性

是石头努力开花的时候了。

——策兰《花冠》

思之划痕

自奥斯维辛以来,西方诗学经历了一场关于再现/表象的深刻改变。对不可触及的历史创伤的诗意言说不再以词对物的直接抵达为目的,而是致力于揭示拉康(Jacques Lacan)称之为"象征界"的符号意指系统的内在不稳定性。这种符号内部的动荡(语言断裂、重复)表明言说的主体在创伤面前近乎失语的受动状态。奥斯维辛之后对灾难的书写似乎不可避免地成为对人类自身陌异性的极致追问与考古式挖掘。法国哲学家布朗肖(Maurice Blanchot)认为灾难"并不触及任何一个特殊之物",灾难所威胁的乃是"我之内却外在于我"的事物,那个"正在受动地变成他者的异于我的那一部分"[①]。

奥斯维辛以及两次世界大战所瓦解的不仅是欧洲共同体的同一性,它更献祭了古希腊以来西方知识型赖以奠基的表象本身。福柯(Michel Foucault)在《词与物》中以康德为参照,确定表象之界限的生成为18世纪末至19世纪初欧洲认识论领域内的事件,然而在非反思的领域,表象在其界限处发展自身的极端方式却是由一百多年后的两次大规模现代战争所完成的。当纳粹党卫队

---

① Maurice Blanchot, *The Writing of the Disaster*, trans. Ann Smock (Lincoln: University of Nebraska Press, 1995), 1.

(SS)有意识地将表象的逻辑发挥到极致,亦即不再容忍任何非表象之物时,逻各斯(logos)对存在者的掩护也就自动终止了。被历史强行征用的语言卸下了它可能负载的救赎之道并加速奔向意义的衰亡,曾经(在海德格尔的意义上)维系物之物性的词语此时放弃了对毁灭进程的抵抗而坠入沉睡。人作为被表象之物全然呈现于毁灭意识,赤裸地暴露在重复的死亡之日常现实下。

于此情形,对死亡的表象或召唤亦不再可能,奥斯维辛通过将毁灭置入完全的在场而耗尽了人类终极命运(神学-存在论意义上)的可能性或者悬欠。让-吕克·南希(Jean-Luc Nancy)在对"被禁止的表象"的研究中认为,当人们说对大屠杀(Shoah)的表象是"不可能的"或"被禁止的"时,指的是"将毁灭之现实化约为一块巨大的表意的在场(a massive block of signifying presence)已不再可能或被禁止",因大屠杀已将意义、形式、形象以及表象所指向的"可理解的曾在的形体"抹除于集体终结的瞬间,以致一切对犹太大屠杀的表象(语言或艺术的)只能以缺席的方式割裂摹仿之在场本身。[①] 并非思想与诗对表象下达了禁令,而是表象禁止了自身,从内部被切断。

现代意义上的灾难成为表象/再现主体性自身的灾难,它将浪漫主义以来作为真理载体的抒情自我分化成了无居所的语言反射下多个非场所,非自我。对灾难这个不可表象之物的诗化不仅搁浅了长久以来占统治地位的摹仿的观念——无论是基于柏拉图的理念(idea)还是胡塞尔的本质外观(eidos),灾难之诗更因自我与守护星座的分离(dis-aster)启动了主体衰颓后语言的扰乱与差异化的进程。灾难化的诗似乎注定要承受某种强加其上的不可主

---

① Jean-Luc Nancy, *The Ground of the Image*, trans. Jeff Fort (New York: Fordham University Press, 2005), 33.

第一章　石头开花：策兰与诗的（不）可能性

题化的分散所指，于是产生诗意符号的晦涩、动乱、碎裂乃至非表意性，等等。由此而来的问题是：当历史的他者被从生存的户籍上强行注销时，曾经依附于抒情自我的美与真之创造在何处获得言说的合法性以应答不可再现之历史暴力？被诗化的灾难在何种意义和程度上仍然是可读而且可批评的？诗之可能性是否被作为最终不可能性的文本之绝境（aporia）内在地规定，以至奥斯维辛之后的诗必然依靠对理性之思的有意识的拒绝来维持自身的本真？

　　灾难将诗与当代思想同时置入绝境，即奥斯维辛之后诗的（不）可能性同时也被作为思想之（不）可能性极端地给予出来，①思想试图把握灾难之非表象诗化的特殊路径，并在展开诠释的过程中不断地勘定、回溯、转换自身之可能性条件以应答灾难之诗所包含的不可还原的、悖论性的"非思"因素。对思想难以穿透的非思内核的探寻不仅是针对西方逻各斯的一场认识论上的反叛，如超现实主义写作、精神分析与解构哲学揭示的某种原初过程（primary process）；它同时也迫使一种非康德意义上的理性对灾难所引致的"我"的自体异化做出思想能够给予的回应。在保罗·策兰（Paul Celan, 1920—1970）这里，诗确实经由思想而来（策兰对西方思想传统有着精深的阅读与持久的思考，这或许是他与

---

① 奥斯维辛之后诗的（不）可能性论题，可追溯至 20 世纪 50 年代德国批评家阿多诺（Theodor W. Adorno）在《文化批判与社会》一文中的著名论断："奥斯维辛之后，作诗是野蛮的。甚至今天我们以不再能够作诗的知识，也被它腐蚀了。"见 Theodor W. Adorno, "Cultural Criticism and Society," *Prisms*, trans. Samuel and Shierry Weber (Cambridge：MIT Press, 1983), 34. 阿多诺的这个普遍性观点源于他对二战后西方的社会学与美学观察，这为讨论后灾难时代诗学提供了一个出发点。本章试图思考的问题是：我们如何来理解诗的这个（不）可能性？到底诗的哪一部分变得不可能或者可能了？灾难对理性产生怎样的变异作用？灾难如何更改诗的表象秩序而非仅仅排除或禁止它？

超现实主义最终保持距离的原因之一①),但策兰最终穿透了思想的体系或海德格尔在20世纪30年代所预言的已终结的"体系的时代",②而过渡到灾难书写的"被禁止的表象"。策兰不仅以理性的他者来划裂理性之思(如福柯的情形),他抵达不可思考之物的方式更为特别:在理性与非理性(疯狂)边界消失的地方编织指向殊为深远的纯粹之谜,并把它作为思想活动的不可完成性铭刻于思想内部。

在当代西方诗歌书写史上,策兰乃是极富天赋的一个,早期受欧洲象征主义与超现实主义的影响,在第一本正式出版的诗集《罂粟与记忆》(*Mohn und Gedächtnis*, 1952)中就写出了《死亡赋格》("Todesfuge")这样的惊人之作,显露出不同凡响的个人才能。③ 随后出版《从门槛到门槛》(*Von Schwelle zu Schwelle*, 1955)、《语言栅栏》(*Sprachgitter*, 1959)、《无人的玫瑰》(*Die Niemandsrose*, 1963)、《换气》(*Atemwende*, 1967)、《线太阳群》(*Fadensonnen*, 1968)、《光的逼迫》(*Lichtzwang*, 1970)等诗集,包括遗作《雪之部》(*Schneepart*, 1971)、《时间庄园》(*Zeitgehöft*, 1976),获德国不莱梅文学奖(1958)与毕希纳文学奖(1960),对

---

① 关于策兰与超现实主义最全面的研究为:Charlotte Ryland, *Paul Celan's Encounters with Surrealism: Trauma, Translation and Shared Poetic Space* (London: Legenda, 2010)。策兰与超现实主义之间的"距离"仍是一个值得争辩的问题,有论者认为策兰因对犹太大屠杀的无限倾注而无法被归入以自动书写为旨归的超现实主义者,详见该书第21—27页。如果早期策兰着重无意识的写作方式,那么后期策兰则转向了现实/真实(Wirklichkeit)对最小语义单位(德语单词、词根、音节)的挤压、割裂、重组。

② Martin Heidegger, *Contributions to Philosophy (from Enowning)*, trans. Parvis Emad and Kenneth Maly (Bloomington: Indiana University Press, 2000), 4.

③ 策兰第一本诗集实际上应为1948年9月在维也纳出版的《骨灰瓮之沙》(*Der Sand aus den Urnen*),因大量印刷错误而收回。

西方批评界造成深远影响。布朗肖、德里达（Jacques Derrida）、列维纳斯（Emmanuel Levinas）、伽达默尔（Has-Georg Gadamer）、拉古-拉巴特（Philippe Lacoue-Labarthe）等哲学家相继撰文讨论策兰诗与当代哲学中他者、灾难、存在、场所、意义等问题域相交错的部分。近期国外出版的大量有关策兰的专著和论文不约而同指向策兰诗作的陌异生成（语义逆反、视觉怪诞）与历史灾难（他者的毁灭）之间的大量关联。[1] 可以说，在当今西方批评界，策兰已然与荷尔德林（Friedrich Hölderlin）、里尔克（R. M. Rilke）、特拉克尔（Georg Trakl）等诗人相提并论，被提到了哲学反思的高度。策兰诗与当代思想（诠释学、后结构主义、解构哲学）相遇的结果可以归结为表达与意义、创伤与经验、独一性与普遍性、在场与非在场这些跨越哲学、文学、精神分析的持久争论。在海德格尔存在论对西方诗学话语的总体影响下，策兰诗与当代思想逐渐获得一种特殊形态的缝合——存在、事件、主体、创伤、他者的哲学论题与符号、象征、隐喻、修辞的诗学论题在讨论的方式与构造上不再有显明区分，双方进入了一种相互质询、相互抗辩、互为奠基的过程。

策兰正是在使当代诗—思想问题化、陌异化、远离自身的意义上获得一个颇为反讽的高度，诗与思想的这条山脊般耸立的接缝指明了目前策兰诠释学的主要方向，人们似乎已经习惯站在这条山脊较为显明的一侧，就策兰与思想家（首要地，海德格尔，其次，肖勒姆[2]）之间的文本相似性及其衍生意义发表各自的观点，从而忽视策兰作品溢出思想体系一致性的可能。比如美国学

---

[1] 参见 Eric Kligerman, *Sites of the Uncanny: Paul Celan, Specularity and the Visual Arts* (Berlin: Walter de Gruyter, 2007).
[2] Gershom Scholem（1897—1982），著名犹太学者，犹太教卡巴拉神秘主义的重要诠释者，著有《犹太教神秘主义主流》（1941）等。

者詹姆斯·林恩（James K. Lyon）的《策兰与海德格尔：一场悬而未决的对话（1951—1970）》（2006）以翔实的文献证实策兰对海德格尔语调、构词法、行文风格、存在之思各方面的大量借鉴与呼应，以及两人长期的精神交流与隐性对话，勾勒出两人带有一定距离的、颇似精神分析中移情关系的吸引。在林恩的叙述中，虽然策兰与海德格尔对诗的理解在诸多方面存在最终的分歧——比如策兰对"他者"的强调，但这些分歧乃是作为海德格尔存在（此在）之思的巨大影响之下凸显出来的"相同的乐曲"内的一些"不同的调子"，[①] 而且，海德格尔给予策兰的灵感明显大过了策兰能够为他所带来的。林恩在挖掘两人思想相似性与差异性的过程中一再提到策兰对海德格尔哲学有意识的疏离与改造，然而出于论述一致性的需要，林恩对策兰诗指向从整体上错裂、脱离海德格尔存在之思的可能性保持了沉默。这个有意的沉默恰好提供了一个切入策兰与海德格尔之后存在之思的可能途径，比如布朗肖、南希、列维纳斯、阿甘本（Giorgio Agamben）等人提出的关于存在者的灾难之思。

一种更加概略的研究直接将策兰安放在"思想之诗"（poetry of thought）这一"希腊传统"的终结之位上来讨论策兰在诗-思之奇异双面体中划下的灾难式裂痕，正是此裂痕将当代境遇中诗与思想相互归属又相互抗辩的不可确定性以极端方式呈现出来。与林恩的个案研究不同，斯坦纳（George Steiner）的《思想之诗：从希腊主义到策兰》（2011）一书在巨大历史跨度中展现诗与思想、文学与哲学在西方知识话语内部旷日持久的碰撞、拉锯、替代。在众多哲学家与诗人共同组成的极其复杂的共振场域内，诗

[①] James K. Lyon. *Paul Celan and Martin Heidegger: An Unresolved Conversation, 1951—1970* (Baltimore: Johns Hopkins University Press, 2006), 218.

第一章 石头开花：策兰与诗的（不）可能性

人不再作为纯粹的抒情主体，而是被呈现为思考、建立、突破某种文本绝境/疑难（aporia）的书写者。在斯坦纳看来，哲学与诗之间无法给出断然的区分，两者相互阅读、相互支撑，共同探求意识、历史、世界的意义归属。在这本雄辩之书的末尾，斯坦纳毫不犹疑地——过于被海德格尔与策兰的相遇或他称之为的"非相遇"所影响，以至于他无法回避这样的安排——把策兰放在了"诗—思"这一伟大传统的遥远末端。①

策兰与思想的相遇（青年时期对歌德、尼采的阅读）实则先于他与海德格尔的相遇——正是策兰对存在、思想以及人类命运的普遍关注使他保持对海德格尔的持续阅读，这个相遇在策兰那里实则有一种本原的发生。更普遍地来看，诗与思想的宏大接缝，也发生于海德格尔对语言—存在之思之前更为遥远的年代。斯坦纳的研究暗示这样一个结果：思想与诗的相互影响已经存在于一个漫长的历史时期中，任何后来的书写者（无论诗人还是哲学家）都无法避免在诗—思这个双面体的共生场域中进行各自的创造活动；这个一体两面所给予的，乃是一个不具专名却有着巨大引力的空间，至高的哲学与至高的诗运行其中，以向对方输送潜能的方式扩展自身的领域。斯坦纳在具有抵抗诠释式理解之"黑暗性"（darkness）的赫拉克利特（Heraclitus）思想那里，指认了作诗—思想之人（penseurs poètes）这一特别属类在欧洲历史上的首次涌现。② 我们知道，对前苏格拉底哲学家例如赫拉克利特或巴门尼德（Parmenides）来说，思想与诗之间并没有显明的区分——海德格尔认为这个区分是理性活动而非思想活动的结果，斯坦纳则将它归于亚里士多德逻辑学发展的一个后果，这种发展无法去重新把

---

① George Steiner, *Poetry of Thought: From Hellenism to Celan* (New York: New Directions, 2011), 208.
② Ibid., 33.

握原始经验以及"存在的遭遇的直接性"①。斯坦纳指出，作为诗人—思想者的原型，赫拉克利特"将言说迫向绝境（aporia），迫向语言边缘的二律背反与不可确定性，仿佛语言像数学一样能够从它自身内部生发出创造性的、向前助推的理解力"②。赫拉克利特与之搏斗的并不是逻辑思维的线性延展而是语言自身的"可怕的力量"③，即语言将存在之物抛入湮灭与遗忘的力量，而正是在这种力量的最为幽暗与暧昧之处，诗诞生了。斯坦纳同意一个长久以来的观点：诗是对自然状态的语言与古希腊以来辩论之术（秩序化的合乎理性的推理）的一场持续反叛，思想与言说总是"试图超越它们能够获得的方式以实施越界的诸多潜能"④。

在斯坦纳对赫拉克利特的"绝境"一说所打开的地平线上，我们可以遥遥望见策兰拒绝的身影。如果说绝境——矛盾、悖论、疑难或策兰形象地称之为的"不可通航的沉默"（unbefahrbares Schweigen）（*GW* 1: 193）⑤——已经内在于古希腊以来的西方诗歌—思想这个充满内在流通能量的结构，那么现代战争和灾难的一个直接后果则是重新唤醒、激活这个结构的内部矛盾，再次令语言产生"可怕的力量"，将文本符号导入意旨破碎化的不可再现的创伤之物之在场。如果奥斯维辛之后的诗仍有可能，那么此种可能性很大程度上奠基于对体系性思想在诗歌内部置放的言说界

---

① George Steiner, *Poetry of Thought: From Hellenism to Celan* (New York: New Directions, 2011), 31.
② Ibid., 34.
③ Ibid., 31.
④ Ibid., 33.
⑤ Paul Celan, *Paul Celan: Gesammelte Werke in sieben Bänden*, ed. Beda Allemann and Stefan Reichert (Frankfurt am Main: Suhrkamp, 2000). 本书所有策兰引文出自该版本，后文以 *GW* 加卷数和页码方式标记，除非特别说明，皆为笔者自译。

限所进行的某种回应、转换、突破，或者至少，在这个界限的边沿处以沉默的方式发出一个对思想之主权（不一定是海德格尔，但与海德格尔本体存在论有关）的质疑之声。以趋向沉默的方式言说（沉默总是已经在言说），让沉默带出使之沉默的那个已被毁坏的曾在之物的在场，从而强迫语言超越自身界限而指向作为创伤成因的不可指认的大写他者/无限者，这是策兰诗被毁灭性历史事件所强行赋予的一种才能。如果说诗，如海德格尔或斯坦纳认为的那样，自希腊开端以来就被认作通向语言/言语/逻各斯自身的道路，那么从大屠杀中幸存的策兰诗无疑为这条崎岖的语言之途铺设下难以逾越的塌裂、绝处甚至终点。赫拉克利特的思想/言说（Logos）的统一体在策兰这里经由灾难的纯然恐怖而分解为可能言说/不再可能言说之间难以逾越的分隔，也就是说，从赫拉克利特到策兰是一条不可逆转的诗—思想之路，策兰不可能再回到思想与语言尚未区分的状态而不对这种浑然一体状态做出某种反讽，某种注解，某种解构的姿势。①

---

① 类似的，哲学家巴迪欧（Alain Badiou）在其《哲学宣言》（1999）中宣告荷尔德林开创的"诗人时代"在策兰处终结。巴迪欧极力反对哲学与诗的"缝合"，在他自己的哲学体系中急于将哲学从诗中转移出来从而撤销这个缝合。巴迪欧认为策兰终结"诗人时代"的同时因其"非客体化"和"无方向性"，正好也"完成了""将哲学转手给诗"的海德格尔。与林恩和斯坦纳一样，巴迪欧没有看到策兰整体上错裂海德格尔存在之思的可能性。与此有差别的是，研究者拜耳（Ulrich Baer）将策兰归于最后一个"现代主义诗人"，由于策兰对不可再现之历史恐怖的碎裂式见证"终结"了波德莱尔（Charles Baudelaire）以来以震惊体验为表征的现代主义，在这样的谱系安排中，策兰完成的就不是海德格尔而是波德莱尔。分别见 Alain Badiou, *Manifesto for Philosophy*, trans. Norman Madarasz (Albany: SUNY Press, 1999), 76-77; Ulrich Baer, *Remnants of Song: Experience of Modernity in Charles Baudelaire and Paul Celan* (Stanford: Stanford University Press, 2000), 1-23.

前辈（荷尔德林、里尔克、特拉克尔）那样天然自如地运用母语。"策兰对德语诗与散文的贡献与荷尔德林处于同一级别。比里尔克更有创意。然而在那语言中，他的双亲以及无数犹太人却被杀戮了。"① 与赫拉克利特将语言作为诗与思想本质统一体的表达相反，策兰在作品中将了无居所的诗歌语言与思想语言（尼采、海德格尔、肖勒姆、黑格尔）分离、并置，呈现其相互陌异却又相互归属、互为起源的熟悉面孔。策兰对海德格尔以及整体西方思想加以吸收，很大程度上是为了以诗的方式、诗的语言对思想给予一种启发性的回应，然而诗启发思想的这个可能性——不仅以阿兰·巴迪欧称之为的"非客体化方法"为先导②——在策兰这里是以毁坏语言的天然言说能力为代价的，诗与思遭遇的直接后果乃是两者皆不可能再回到一种"无辜"（去除了语言的历史沉积面）的话语表述状态。这就是为什么斯坦纳会以如此悲怆的笔调来结束对《托特瑙堡》（"Todtnauberg"）——策兰以该诗记述与海德格尔的那场"划时代的相遇"——的讨论："存留下来的不过是一个形象，它也许就是柏拉图意义上一个深渊般的神话。至高的哲学思想与至高的诗相互照面了，在一种无限地意指却不可解读的沉默中。一种试图守护并超越言语界限的沉默，此界限因那小屋（海德格尔在托特瑙堡的山间住所）之名也成了死亡的界限。"③ 斯坦纳并没有追问此双重界限（沉默与死亡）是如何由诗从灾难经

---

① Steiner, *Poetry of Thought*, 207.
② Badiou, *Manifesto for Philosophy*, 76.
③ Steiner, *Poetry of Thought*, 211.

第一章 石头开花：策兰与诗的（不）可能性

验中构造出来的，他直接将它归给海德格尔这个曾与纳粹有染的名字。①

我们必须在斯坦纳行文终止的地方来追问这个双重界限对诠释学、结构主义以及后结构主义思想提出的诸多疑难，它如何使得思想的可能性在同一与差异的界限处变得更为奇谲。在策兰这里，诗作不再作为结构性意义的统一体（形式主义），也不是具有社会效用的某种干预或行动（马克思主义或社会学的解读），也不仅仅是解构哲学认为的符号的否定性/延异性的区分、运作与播撒——诗作仅仅维持文学与符号的外部（创伤性真实、死亡）之间的一种持续敞开，一种无限的意指，一种无法确定影射之物的纯粹的影射。这个符号的影子一般的外部（策兰在诗中一再提及的沉默之物、夜晚、石头、阴影）同样也是海德格尔之后的西方思想一再努力去触及却最终只能付诸外部性（exteriority）这一观念的，②而策兰诗与当代思想正是在其共同的外部区域（话语的切口）那里达成了某种不是交流的交流，"没有关系的关系"——借用列维纳斯关于自我与他者关系的说法。从灾难中幸存（作为灾难而幸存）的这样一种生存和书写的状态以及策兰对哲学和思想（尼采、黑格尔、海德格尔、肖勒姆）所持有的富有激情的阅读张力，使得策兰诗与当代西方思想处于一种相当切近的诘问、延异、

---

① 关于策兰与海德格尔的这次重要会面，林恩给出了完全不同的描述。林恩认为没有文献记载能够证明策兰对这场见面感到失望，或在这次见面中谴责海德格尔在1933年加入纳粹主义以及海德格尔对犹太大屠杀所持有的长久沉默；相反，在林恩看来，策兰与海德格尔的这次会面是较为愉快的，详见Lyon, *Paul Celan and Martin Heidegger*, 159-172.

② 当代西方思想中的"外部性"观念见诸法国哲学家列维纳斯、布朗肖、福柯等人的论述（列维纳斯的《有别于存在：或本质以外》、布朗肖的《文学空间》、福柯的《外部的思想》等著作），它可视为对海德格尔存在论之总体性的一种突围的努力，也代表了当代思想对包括疯狂在内的理性之边界的非化约性思考。

错裂的奇特而紧张的同时代关系中。康德以来的启蒙思想未能完全把握的表象之灾难被诗人沉默却固执地摆出来，如一块骨质残骸摆在当代西方人文与理性的光滑圆桌上。的确，在海德格尔那里，策兰发现了哲学与思想语言的特异之处——他的诗创作与他的哲学阅读一起从大写的"存在"那里学会深渊式表述，然而当哲学沉迷于这个存在之裂隙所展现出来的种族历史机遇时，诗却敏锐地察觉到它可能引致或已经引致的灾难，并将这个结果以暗示的方式抛回给哲学。诗不再从属于哲学，而是面对面地质询其理解与诠释的法则，为思想以及语言的活动在中心/边缘、意识/无意识、同一/差异、自我/他者等对立规定之外给予某种延伸的可能。

策兰诗作，如诸多研究者所指出的那样，自身携带着拒绝——如果不是完全禁止——思想评论的内在力量。实际上策兰的评论者很早就意识到这一点，因此在对他作品的解读中谨慎地遵循后结构主义的方法，避免落入策兰诗中字面义与比喻义、独一性与普遍性、影射与被影射物之间无法达成理解性过渡的困境。可以说，此种危险潜存于策兰任何一首诗中，对其任何诗句的解读都冒着非理解之风险，而这种倾向在策兰中、后期作品中变得愈为纯粹且不可化约；经灾难而来的不可思考之物被端呈于语言的边界并强行迫使这个边界进入文本的表述游戏，游戏之为游戏乃是表象对自身历史沉积面的无尽倾注与挖掘，反转与穿越。策兰研究的奠基者之一德国诠释学家斯丛狄（Peter Szondi）很早就注意到策兰诗作穿越直接表象在场之特征。应策兰本人的邀约，斯丛狄选择了其组诗《密接和应》（*Engführung*，1959）来进行细致耐心、颇具实验性质的后结构主义解读,① 这篇文章于 1971 年——后结构主义与诠释学激烈碰撞的时代——发表在德里达主编的《批判》(Critique) 杂志上。斯丛狄在文章开篇即提出策兰的诗因对历史性毁灭的忠实而不得不越过摹仿以走向文本的真实。如很多后来的策兰评论者,斯丛狄本能地感觉到策兰文本对诠释学方法提出的巨大挑战:"刚一阅读策兰于 1958 年写的这首诗的开头几行,理解的困难就变得明显,但同时这也让我们意识到,传统地在文本诠释中使用的方法——如应用于被视为隐奥的文本上——将扭曲阅读和被读的字句本身。"② 为避免对文本的扭曲,斯丛狄放弃了对历史真实性的追寻而转向对文本真实性的勘察,文本构成了有别于日常现实的"真实"现实:"它自身拒绝服务于现实,拒绝继续充当自亚里士多德以来所分配给它的角色。诗不再是摹仿,不再是再现;它正成为真实,当然,这是一种诗意的真实:文本不再遵循预先决定的现实世界,而是设计自身,将自身构建为现实。"③

斯丛狄的阅读使得策兰文本首次与诠释学—后结构主义思想相遭遇,策兰诗作如同其他所有的文本,不得不进入阅读的细查以验证自身的可理解性、可读性。然而,阅读期待所依赖的由同一与差异之运作而来的意义生成,在《密接和应》这首关于灾难之毁灭(不仅影射犹太大屠杀,还有被投放原子弹的广岛和长崎)的组诗中,变得自身陌异化起来;也就是说,策兰的诗意符号并没有完全脱离作为理性之思想原则的同一/差异这个对子,而是在

---

① Engführung 的字面义为"引导着穿越狭窄之处"。作为一个音乐术语,它指的是"以先后次序将声部叠加起来,尤其在赋格中"(《杜登德语词典》)。
② Peter Szondi, *Celan Studies*, trans. Susan Bernofsky and Harvey Mendelsohn (Stanford: Stanford University Press, 2003), 27.
③ Ibid., 31.

这个对子即将变得不再有效的那个界限处进行一种持久的双向的侵蚀活动。这就是为什么研究者们（斯丛狄、拜耳等）认为虽然策兰作品存在巨大的词语碎裂性、意义不确定性，但还是归属于现代主义诗的传统，因为他们在策兰作品（尤其早期和中期）中仍可以通过文本分析得出诗创作的某种结构与秩序。例如《密接和应》一诗以严谨而对称的首尾呼应的音乐形式先行允诺了结构性诠释的可能，然而在符号的不稳定的意指过程中，在同音异义的巨大游戏中，又不断剥夺这种前后一贯的诠释可能性。在文本意义的诠释与词语的音乐性功能分析之间，斯丛狄不无犹疑。这种方法论上的平行很大程度上源于这样一个事实：策兰诗作中关于存在者的语言与意象已经让位于存在者之踪迹（遗迹）——无法充分显现的在场者——的语言与意象（痕迹、青烟、原子、手指、词语、圆圈、与实体相分离的颜色等）。诗的话语在此不再去表象毁灭的现实（毁灭/灾难总是溢出表象的框架、割裂表象），而是以拒绝翻译、拒绝诠释式阅读（它本身就是意义的一种翻译方式）的坚硬的词根、词尾、复合词而散落于诗的各个部分。

斯丛狄指出，随着阅读在《密接和应》的文本狭缝中的艰难推进，策兰的语言变得"越来越抵抗翻译，因为它的主导模式本质上基于含混与多义"，然而，远不仅于此，斯丛狄在处理策兰自造的复合词（如 Flugschatten, Rauchseele）的时候，不得不承认"此处不再是简单的多义"，也不仅是一种"文体的特征"，而是关于不再存在者/被抹除者的一种极度凝缩化同时也是极度稀薄化、抽空化的表述。这两个复合词可直译为"飞翔影子""青烟灵魂"，影射了纳粹集中营焚尸炉内焚烧犹太人尸体时扬起的烟尘，原诗句为：

众夜晚，被分开了。圆圈，

第一章 石头开花：策兰与诗的（不）可能性

绿的或蓝的，红的
方块：世界
拿自己最内在的部分
与新的时间
下注。——圆圈，
红的或黑的，明亮的
方块，没有
飞翔影子，
没有
衡量仪，没有
青烟灵魂升起来一同博弈。

Nächte, entmischt. Kreise,
grün oder blau, rote
Quadrate: die
Welt setzt ihr Innerstes ein
im Spiel mit den neuen
Stunden. — Kreise,
rot oder schwarz, helle
Quadrate, kein
Flugschatten,
kein
Meßtisch, keine
Rauchseele steigt und spielt mit. (GW 1: 202-3)

这些复合词"允许策兰以凝缩的语段，在孤立的词语内部为话语性语言设下'陷阱'，如此，谓项在句法的含混性之界限内便获得某种程度的自由"①。

一旦获得词语的自由,诗人便再也无法适应思想对事件与现实的任何单义的诠释和表象了。在法国象征主义诗人马拉美(Stéphane Mallarmé)那里,我们已看到词语如何按照自身的法则在文本内部创造意指的极大自由,而在策兰这里,这种卸掉表象负担的语义自由根本只是一个起点,策兰朝向的乃是一个更为陌异的词语的内涵与外延相互错裂开来的巨大意指空间——最著名的例子是《死亡赋格》中的"黑牛奶"(Schwarze Milch)(GW 1:41)。策兰设下的陷阱(与前后文难以衔接的句中停顿、处于开裂状态的语词、孤立语段)首先并不针对阅读一方以刻意营造形式主义所推崇的陌生化效果,也并非完全如斯丛狄设想的那样,捕捉"话语性语言"(discursive language)的内在不稳定性与非连续性。策兰的陷阱首先针对的是创伤性的外部在思想和语言中得以表述的可能,这种可能性因灾难对言说主体的既禁止又要求表述的内在矛盾变成了诗学陈述的内在界限。对被外部事件所强制转换的存在者的在场模式的终极发问——这一点将策兰与当代西方思想深刻地联系起来。

为忠实于总是已经触及了书写主体的灾难,策兰不得不首先毁灭事件在语言中的可表象性以再造(而非再现)这个事件的遗迹,不得不将诗的陈述从长久以来的语言的同一与差异性运作,也就是从词与物的巨大指涉性的离合关联中夺取出来,将语言强制压缩为半透明的介质。这些压缩语段一方面自我反射、自我捕获,另一方面透过整体结构衍射出多条携带灾难余波的光线,从而构成一种超越历史现实的不可还原为某个事件、某个场所的"文本现实"。海德格尔存在之思、诠释学、结构主义(能指与所

---

① Szondi, *Celan Studies*, 66.

第一章　石头开花：策兰与诗的（不）可能性

指的分离）以及后结构主义（意义的延异）的思想为策兰的绝境式文本的意义揭示赋予了诸多的可能，然而反过来说，策兰诗也为灾难之思的展开——即摹仿与表象崩塌后的文本如何越过同一／差异（我／他者）的对立规定而走向匿名的敞开的外部——提供了丰富的例证。

斯丛狄属于最早一批以结构主义诠释学对策兰诗进行破译的思想者，此外伽达默尔、柏格勒（Otto Pöggeler）、哈马赫（Werner Hamacher）等人以各自的视域（诠释学、神秘主义、黑格尔辩证法）尝试对策兰所谓的密闭式诗进行不同程度的解说，从他们对策兰文本之奇异风景的勘察中，我们可以看到诠释学的诸范畴，例如：理解、扬弃（sublation）、意义连贯、话语统一性、否定之统一体等在策兰绝境式文本中寻找支撑、联接、反射点的卓绝努力。① 他们的诠释在打开策兰诗的逻辑与德国后浪漫主义哲学思想（黑格尔、尼采、海德格尔）的内在联系时，似乎也忽视了策兰通向一种并非任何特定思想与时代意义上的绝对的灾难的可能路径。② 当我们从存在者显现方式的本质转变上来理解"灾难"一词所给予的激进之思，那么诗意在诗这里遭受的"中断"③

---

① Hans-Georg Gadamer, *Gadamer on Celan*:"*Who Am I and Who Are You?*" *and Other Essays*, trans. Richard Heinemann and Bruce Krajewski (Albany: SUNY Press, 1997), 127 - 147; Otto Pöggeler, "Mystical Elements in Heidegger's Thought and Celan's Poetry," *Word Traces*: *Readings of Paul Celan* (Baltimore: Johns Hopkins University Press, 1994), 75 - 109; Werner Hamacher, "The Second of Inversion: Movements of a Figure through Celan's Poetry," *Word Traces*, 219 - 266.
② 实际上，在讨论策兰诗中犹太教神秘主义因素的文章中，柏格勒提及了"绝对的灾难"（the absolute disaster），他把这个灾难理解为对 Shekhinah（上帝在受造物中的在场）的神秘体验，见 Pöggeler, "Mystical Elements," 98.
③ 此处借用了拉古-拉巴特的说法，见 Philippe Lacoue-Labarthe, *Poetry as Experience*, trans. Andrea Tarnowski (Stanford: Stanford University Press, 1999), 68.

（而非终结）则显现为灾难冲击下的诗歌意指之内在运动对表意方式变革的迫切要求。可以说，在策兰这里，诗恰恰因其不可读性而变得可读了（在表象之不可还原的条件下），因其不可能（语义的绝境）而变得可能了（错裂任何既定之思从而独自站立），甚至，在与思想的对话中，它变成了斯坦纳所说的"至高的诗"。

灾难之后的诗仍延续着，这毫无疑问，如同历史的天使，诗的天使——如果有的话——在第二次世界大战以后也是头朝后看的，但它看到的并不是堆积的废墟，而是几乎无从辨认、无从指认、甚至被剥夺可见性的已被擦除的生存痕迹。斯坦纳与斯丛狄的解读共同透露出这样的结果：策兰作品从沉默的边缘对存在以及后存在之思提出了某种程度的要求、呼吁，为思想的表象话语置放了不可化约的疑难，它质询了存在主义、诠释学、符号学、结构主义、后结构主义等思想所拟定的文本认知框架并暗中松动了这些思想自身得以创建的基础（同一与差异的结构原则）。被灾难创伤化的策兰诗溢出了浪漫主义、现代主义与后现代主义的诸多理论框架，它因对历史灾难的指涉而被卷入与未名力量（死亡、陌异时间）的漫长的语言斗争中。在策兰这里，诗的语言不再以对任何现存事物的表象为归宿，也不是完全如结构主义或后结构主义主张的那样自我反射、多义播撒，而是创造出一个词语与事物自身同一性遭到不断侵蚀、剥离的语言异象场所。

与其说奥斯维辛之后的诗不再可能，毋宁说，奥斯维辛之后唯有诗才可能，因为符号对真实的创伤之物的直接表象已因历史对表意之纯真性的剥夺而丧失了言说的合法性，可以说，正是散文与小说中词与物的直接对应关系反而变得可疑或者不可能了。灾难之诗难以再从修辞与历史的维度对已发生的事件进行意向性言说而同时保持自身的稳定，因为已发生的溢出了思想的统一把握，被卷入对诗及思想自身可能性的永不停歇的勘定、回溯与转

第一章 石头开花：策兰与诗的（不）可能性

换的工作之中。在收入诗集《换气》的一首短诗中，策兰写道：

> 在你晚来的面孔前，
> 独行在
> 改变了我的那些夜晚之间，
> 有物前来站立，
> 它曾和我们一起，未被
> 思想触及。

> Vor Dein Spätes Gesicht
> allein-
> gängerisch zwischen
> auch mich verwandelnden Nächten,
> kam etwas zu stehn,
> das schon einmal bei uns war, un-
> berührt von Gedanken. (*GW* 2：15)

这个不知从何而来的未被思想触及的不具专名的特别之"物"，已穿越作为纯粹外部性的夜晚而到来，孑然站立如一个（曾经）具有生命之物。这个既熟悉又陌生的"它"，被策兰意味深长地置放在了"思想"的外部，却是通过对"触摸"这个德语单词采取的否定式的跨行延续方式：un- / berührt von Gedanken。也许这个处于句末的、犹疑不定地与一个否定性前缀相连的异常简短的连字符——通过给予一次短暂的停顿以求在"我"的改变之间隙换口气——正是它，为致力于突破表象之必然性而走向未完成的外部经验的当代思想，提供了一个沉默却意义丰富的指引。

表象的灾难

在后奥斯维辛的意义上，也就是阿多诺的意义上，诗的可能性乃是作为其不可能性而给予的，这个不可能性并没有剥夺当代西方诗——特别是策兰作品——进行知觉表象联结的能力，而是从表象的内部（事物在场与形象形成并相互联结的那个认识场所）打开灾难之前尚处于潜伏状态的语言的诸多可能性。这个不可能性也不是要撇开诗学结构与意义的问题域从而将诗置于一个与形式断然无关的讨论场所，相反的，它要求文学研究者对诗的形式以及与表象的关系在奥斯维辛之后发生的特殊变异进行更为彻底而敞开的讨论。诗意语言的含混、怪诞、碎裂等句法与语义特征仍需要以结构主义以及后结构主义所倡导的文本细读的方式在感性、理性乃至神学范畴内得以充分的解读与释放。但与此同时我们应看到，这些句法与语义的灾难性突变、跳跃、分化在很大程度上已溢出诗的表意模式自身演化的历史过程，如诗史、流派、影响、传统等具有连续性质的范畴。如果说诗的表意方式的突变（源于创伤性的创造）正是定义奥斯维辛之后西方诗之为诗至为本质的特征，那么在策兰作品中，这种表意方式的突变则显出某种绝对的原初性。

事件对表象秩序的冲击以及由此而来的表象（形象、意象）的内在割裂与转接的运动过程——这正是策兰诗与奥斯维辛之后的西方思想共同活动的区域。我们应从诗的话语（策兰）与当代对灾难的反思话语（布朗肖、列维纳斯、南希、阿甘本）的交叉关系中至少意识到这一点：历史灾难（战争、大屠杀）所造成的生命的集体灭绝是无法从宗教、政治、经济学、社会学以及历史学等扬弃个体的视角获得其解释合法性的——虽然灾难最终导致人们对这些领域的重新划分与解释。人类受难的极端个体性拒绝将灾难谜一般的本有发生纳入任何神学、政治、经济、权力、国族的先验目的论框架。如策兰诗与当代反思所揭示的，灾难（按其在文本中呈现出来的后果）首先表现为词语与对象的联结（意指方式）的持续震荡，此震荡引发了灾难历史事件在主体言语行为之中的回声，而这个回声反过来又影响并改变着人们对灾难的表象与言说方式——这将决定何为"真实"。灾难的书写似乎只能从书写的灾难这个起点来予以解释，因灾难摧毁的首先是话语的法则。

与自然灾难相区别，历史灾难是由人类思想意识及其述行活动推动的，它首先危及的并不是生物有机体意义上的生命概念——它并不直接抹除人的生命，而是使生命对意蕴的把握方式产生突变，即更改人们表象的方式和说话的方式。① 历史灾难首先危及的是与毁灭意识的意向相对立的某个观念体系与表象体系，后者与前者具有不同的书写、记录、诗化、表象、话语体制，并且被前者视为亟需改变或清除的某种阻碍。从精神分析的观点来

---

① 阿甘本在讨论奥斯维辛幸存者莱维（Primo Levi）的叙述时看到，奥斯维辛所毁灭的不仅是人的生命，而是"人"之为"人"的底线。奥斯维辛最为恐怖的地方在于，它抹除了人与非人的界限，从人的极度虚弱中制造出主动放弃思维和生命意志的"空壳人"（the Muselmann）。对于奥斯维辛里的"空壳人"来说，无论表象还是语言都变得不可能了。详见 Giorgio Agamben, *Remnants of Auschwitz: The Witness and the Archive*, trans. Daniel Heller-Roazen (New York: Zone Books, 1999), 41-86.

看，由人类意识与思想活动引发的历史创伤溢出了历史主义所隐含的信任的事件与时期的线性化进程，对灾难的反思，对灾难的历史性的挖掘要求批判意识对作为事件的"非历史性的创伤的内核"予以指示与勾勒，予以某种暴露性的言说。①

灾难将诗与思想吸引至它谜一般的容貌面前，诗人与思想家以各自的方式关注（历史）灾难生成和变异的机制，关注意向目光之中的事物如何竟以不相容之客体形象卷入主体的排斥乃至毁灭意识中。犹太大屠杀以及两次世界大战在西方认识论的领域内揭示出灾难的发生与人们尝试去理解、言说灾难而不得不依靠的思维—语言这个功能结合体之间的密切关联。在"历史使命"宏大叙述的驱动下，主体对世界的认知被化约为基于象征—图像的集中表象模式，以此将现象界摄入一个设定在先的权力—美学框架从而完全忽略意识本身对对象之显像的实质构建过程。实际上，对在场化之权力的追逐已然内在于对表象的无缝在场状态的难以遏制的欲望中。南希观察到，表象艺术在纳粹意识形态中占有极其重要的地位："纳粹在一切方面培植表象，包括使用纪念碑式艺术、游行以及它'对全世界的表象'（世界直观、世界视野）。"②纳粹动用了花样繁多的宣传媒体和象征物，就是为了树立某种表象的权威，而它们所依赖的成象基础则是建立在理性（阿多诺会

---

① 齐泽克（Slavoj Žižek）在不少地方论述过对"事件"的历史主义阐释的局限，因这种阐释从精神分析的观点来看，是以对"非历史的创伤的内核"（the "unhistorical" traumatic kernel）的事先排除为理论基底的。这有助于我们理解策兰诗作中源于历史而又不可还原为历史的创伤，即语言多出历史的一部分。当然，这取决于我们如何理解"历史"，它不仅包括已发生之事在语言中的排列，还包括存在者在时间性中的奠基事件本身，虽然后者因其开启历史之序列却自身抵抗符号化而被齐泽克视为"非历史的"，即拉康意义上抵抗着任何叙述的"真实"。见 Slavoj Žižek, *Enjoy Your Symptom!: Jacques Lacan in Hollywood and Out* (New York: Routledge, 2008), 94.

② Nancy, *The Ground of the Image*, 38.

说这是"疯狂") 对世界之为世界的绝对统治地位之上的。主体将认知意识等同为黑格尔意义上"精神"的普遍现实性,将世界表象为具有民族与伦理精神内涵的宏大图景,并以完全实现的而非潜在的存在方式来读取这些图景。被意识形态命名后的客观世界于是被呈现为一幅无所遗漏的巨大宣传画,如南希所言,"这个世界能够被置于眼前,在它的总体、它的真理、它的命运中给予自身在场。"①

纳粹意识形态中的作为意志与表象的世界〔借用叔本华(Arthur Schopenhauer)的说法〕在当代对在场之形而上学的反思中暴露为一个"没有缝隙,没有深渊,没有回撤着的不可见性的世界"②。消除了不可见性、不可表象性的认知模式将自身高举到胡塞尔现象学已经表明的不可能的全感、全知、全显态,而正是这种要求着全面表象的虚假意识活动,在南希看来,为纳粹主义的筹划提供了维持着其在场的"生动叙述",某个"正好摆放在眼前"的对象,某种"场景化",乃至最终"于在场之中的真理的生产"。③ 纳粹主义对表象的总体调动和展演使得表象脱离德国观念论(康德、谢林、黑格尔)所勘定的知识领域,扩展至对普遍人性乃至整个未来欧洲的展示:"表象在关于'种族'、欧洲以及人性的再造的这样一幅视野架构中,在所有这些方面,发挥着决定性作用。"④

策兰回应历史事件的主要方式之一,即是在作品中以被灾难标记并改变的语言与形象去颠倒、阻断、撤销纳粹意识形态所宣扬的事态可直接表象性以及语言对历史在场的召唤之权能。作为

---

① Nancy, *The Ground of the Image*, 38.
② Ibid.
③ Ibid.
④ Ibid.

一个受动于灾难并将之转变为运动性表象的诗人,策兰致力于在作品中将表象在知觉中的统一性、它的在场之透明、它对真理的承载、它的价值赋予功能等诸多僵化设定吸纳入一个不断产生自身距离的陌异化过程。策兰并不否认语言给予表象之在场的可能,而是在履行这种可能性(语言对在场之召唤)的同时将词语的表象能力(形象、意象、比喻)向他自己在 1960 年德国毕希纳文学奖演讲词《子午线》("Der Meridian")中所说的"荒谬的极致"(ad absurdum)(GW 3:199)发展,以此揭示被完全在场这样一种主体幻觉所遮蔽的词与对象(或者词作为对象)的潜在的具梦游性质的存在方式。托比亚斯(Rochelle Tobias)指出,策兰诗作"将它们自身构造的形象逼迫入行将崩塌的时刻,这样它们就能被揭示为奇想(conceits),它们将诗在时间中的脆弱与敞开从空间中予以暴露"①。托比亚斯认为策兰诗中隐含着一个将时间性形象/隐喻转换为空间性形象/隐喻的过程,策兰诗的意象时刻处于崩塌与下坠的空间化运动并因此暴露自身的时间性——策兰与海德格尔同样将此在视为"终有一死者",而诗恰好对应着对此在之有限性(死亡)的无限化言说。托比亚斯暗示,策兰诗的特质也许在于,他从意象、形象、隐喻产生的逻辑出发点发展出图像与其自身的反讽化的间距,此种距离使那些在全知意识中无法到来、无法呈现或已在知觉目光中隐退、消失的事物能够获得一次稍纵即逝的在场契机。

策兰从灾难化语言中析取并重新排列表象统一性破裂后的语义残片,这对诗人的感知与言说能力提出某种要求,即诗人不再把时间与空间当作直观的内在形式加以非反思的接受,而是将时-

---

① Rochelle Tobias, *The Discourse of Nature in the Poetry of Paul Celan: The Unnatural Wolrd* (Baltimore: Johns Hopkins University Press, 2006), 12.

空的原始给予性纳入语言内的一个不断间距化的过程,由此指示(而非直接表象)历史事件在语言符号实践中的深远余震。塔克(Brian Tucker)指出策兰诗作对历史产生效用的方式:"用意象来隐喻地表象/再现丧失、死亡,这是诗与历史发生联系的一条途径,然而策兰为文学对历史的切入提供了一种更为激进的方式:它铭写历史——在二战与种族灭绝的余波影响下的五十年代的欧洲——在语言自身中的后果。"① 在策兰这里,对历史的铭写并不意味着以灾难幸存者的独特身份(这个身份不可确证且充满矛盾)去重现事件之历史性——将它直接设定在文本字句所期待的读者意识中。但是,灾难书写也并非要全然废弃表象的运作从而回避历史性的问题本身(如超现实主义的自动书写),相反地,它从表象与历史事件不可共时化的那个永久错裂中来揭示事件对语言/话语的至深影响——其中包括芬斯克(Christopher Fynsk)在评论策兰曾提及的语言自身的"暗哑"(Verstummen)倾向与"回答的缺失"(Antwortlosigkeiten)(*GW* 3:186)时所说的"语言在战争中遭受的悬搁(suspension)"②。灾难的幸存者以无法像以前那样说话这一言说能力的灾变来见证历史暴力对人类言说器官之功能与用途的强制性转移。如果如斯丛狄和他之后的后结构主义批评者所认为的那样,策兰诗活动其中的首先并不是摹仿的领域而是言语述行与文本实践的领域,如果策兰诗再造的确是"文本真实"(尽管以并非雄辩的措辞)而不是历史真实,那么此种诗化转移在切中历史方面无疑冒着极大的非理解的风险,因我们完全有可能因为策兰对历史带着拒绝的多义影射而错失其诗作真正的历史所

---

① Brian Tucker, "Rebuke: From Trope to Event in Paul Celan's 'Zähle die Mandeln,'" *The German Quarterly* 86.3 (2013): 258.
② Christopher Fynsk, "The Reality at Stake in a Poem: Celan's Bremen and Darmstadt Addresses," *Word Traces*, 167.

指。但同时我们也应注意,这种"错失"或者说转移,在策兰创作的时候已被考虑并意向在内了。

如果说策兰拒绝以语言表象的常规方式来命名毁灭性历史事件,这是因为雄辩的命名所依赖的语言的表意—表象的这个惯性联合正是值得怀疑并应予以拆解的,因它构成了历史灾难的一个条件,它远非"无害"的——纳粹主义动用、依赖并以此完成对世界的对象化与价值极化的,正是这个在意识中先验地运作着的联合。以拆解常规表象联结的方式,以与同一/差异(吸收/排斥)这个思想对子拉开距离的方式(这将引致诗意语言的倾斜化、距离化、痕迹化与不确定性等),① 策兰推动了以奥斯维辛为绝对基点的当代反思对灾难之表象的可能性与不可能性的探究。策兰诗的不可能性不仅仅意味着以语言来表象/再现/诗化毁灭性历史事件(死亡集中营、犹太大屠杀、广岛、长崎)的不可能,它所激发的乃是人类意识之表象被给予和联结的方式的危机——此危机在纳粹意识形态对他者的表象(犹太人)的工具化、对象化、机械化操纵中已达至逻辑理性的内在界限。可以说,策兰事业所致力的正是从表象思维的内在破裂中为不可显现者(曾在者,被抹除者,无限者)赢取一次语言中的在场——哪怕以了无居所的艰难地寻求希望的言辞。

拜耳认为:"如果策兰没有去命名历史上某个具体的灾难,那么这种犹豫源于一种破碎的意识:现在,每一个词都作为它(灾难)的一个结果而存在"②,策兰不以幸存者的姿态直接命名事件本身,而仅仅命名"语言内的一次发生,一次风险"③。拜耳进而

---

① 海德格尔的存在与存在者之间的本体论差异在策兰这里变得难以维持,对策兰来说,这个差异有着一种危险的吸引力,因为它将人从存在中分离出来。
② Baer, *Remnants of Song*, 179.
③ Ibid., 181.

指出犹太大屠杀这个绝对事件如何抵抗着任何历史学的认领:"犹太大屠杀抵抗着政治与意识形态的完整的认领,因为它恰恰质疑了这种企图所必需的概念式语汇与逻辑;该事件动摇了那给它以确定意义的语言。就算历史事件表面上能够通过历史的再阐释而被成功地认领(reclaim),它却不能在诗人的记忆中得以平息。"①然而,不仅在政治的领域如此,如果语言内部潜在地存有表意-表象联合体的破裂及自身间距化的可能,那么任何借由既成目的论系统来诠释历史事件的观念集——康德目的论、黑格尔辩证法、基督教末世论、生物进化论乃至马克思主义斗争模式——都最终无法"认领"诸如犹太大屠杀这样的事件,因为这些认知方式隐含地延续着康德意义上的设定的主体性,即表象在意识中的先天综合统一性。灾难化的艺术对它曾普遍使用的语言、符号、象征的合法性提出怀疑,因为实质上该合法性是建立在对于表象-表意这个联合体的自然态度而非反思态度之上的:它认为世界就是"我"看见并加以命名的样子,在集体的意义上,世界就是"我们"看见并加以命名的样子。对深受战争影响的诗人策兰以及众多现代艺术家如毕加索、达利、热内(Edgar Jené)(策兰与热内相识于二战后的维也纳)而言,灾难改变了人们对待表象的这种自然态度,扰乱了表象与话语在先验主体中被整合的秩序并对知识的法则提出疑问——该法则经纳粹对欧洲犹太人的过度表象而最终发展为人种之间的毁灭性对立。

灾难之后的表象(意象、形象)与表意之链(隐喻、换喻)在策兰作品中持续地相互激发、破坏、分解——语言给出形象的同时又将其拆毁,形象借助语言的同时又疏离语言,此过程往复不已。萨缪尔斯(Clarise Samuels)指出策兰的隐喻对某无言状态

---

① Baer, *Remnants of Song*, 268.

的表达:"策兰的隐喻乃是对无法以话语来表达的现实的表达,一种'对无言的现实的隐喻',换言之,策兰的隐喻正是'无言的现实'本身,因这样一种现实乃是通过暗示而非直接观察而得。"①策兰在诗中所暗示的"现实"之所以"无言",并非完全因为话语的无能,而是语言/话语在将它(毁灭性现实)通过隐喻带入在场的时候,必然承受自身的压缩分离、陌异转接等以显明暴力对语言的后果。策兰诗由此绕开对灾难的直接表象而进入历史创伤的多重侧显,然而在暴露并防御这个创伤的同时,策兰诗作似乎也关闭了其他任何主题——如果我们把"主题"理解为文本对不可主题化的创伤之物的符号性趋近,策兰诗除了灾难似乎并无其他的主题。实际上,策兰提供了一个奥斯维辛之后诗歌主题的界限的范例:灾难之后的诗(真正被灾难触及的诗)除了言说灾难以及灾难对言说主体的改变,似乎不可能再有其他的关注了。主题的看似闭合所启动的却是对不可主题化之创伤物的无限的诗化活动,这个活动持续影响、改变着时间、空间、形象、比喻在意识和话语中的给予与联结方式。正是在这个意义上,诗化活动仅仅意味着打开灾难性诗意的纯粹之语言内生成并将灾难余波投射至语言边缘的无限空间——哲学家利奥塔(Jean-François Lyotard)称之为的"某种语言空间不可能吸纳入自身而同时不产生自身震荡的空间性表现","某种语言空间无法内化为意义的外部性"。②也正是在这个意义上,策兰诗作具现了从存在主义(生存还是毁灭)到后存在主义(总是已经毁灭)、从犹太-基督教创世论的"太初有词"到"对已发生之事给不出词"(gab keine Worte her

---

① Clarise Samuels, *Holocaust Visions: Surrealism and Existentialism in the Poetry of Paul Celan* (Rochester: Camden House, 1993), 37-38.
② Jean-François Lyotard, *Discourse, Figure*, trans. Antony Hudek and Mary Lydon (Minneapolis: University of Minnesota Press, 2011), 7.

für das, was geschah）的异常艰难的转移（GW 3: 186）。

策兰诗的"个性"于是呈现为语言与灾难事件之间无穷互指却又不可化约为单一对应关系的张力，这个使诗意符号表层产生紧绷的力同时让文本表意空间与表意的外部（灾难、创伤、暴力、沉默、死亡）之间达成一种持续的渗透性交流活动。这种对灾难事件保持刻意缄默的言说方式——策兰在作品中从未提及"奥斯维辛"这个专名——接近一种"疯癫"的话语。① 希拉德（Derek Hillard）指出策兰作品中表象分解的非理性过程："策兰诗并非要成为独一性的不可再现的沉默——此沉默曾被当作个性与诗的发源之处。相反的，这些诗试图通过将自身沉浸于双重隐喻——假象、幻觉、伤口——而变成某种杂语（babble）或碎语（chatter）。如此，这些诗得以在放大其惊扰状态的同时去标记惊扰它们的那种暴力。"② 在言语述行的层面上，策兰作品的沉默或失语远非无话可说，相反的，它们以唤起一种悬临的无言状态以见证被二战后德国官方关于大屠杀的沉默所抑制的表象的"惊扰"③，这种指向表象之中的真实惊恐的诗句被一种为暴力所伤的语言所标记。在另一处，希拉德指出策兰诗如何在一种哲学—现象学的意义上

---

① 虽然策兰在诗作里并未直接提及"奥斯维辛"这个专名，但根据平野吉颜（Yoshihiko Hirano）的研究，策兰有意将 Auschwitz 这个词拆开后植入诗文本，例如早期的《荒野之歌》（"Ein Lied in der Wüste"）一诗中的 aus schwärzlichen Laub 以及《密接和应》中的 klettern auf schwärzlichem Feld 等皆可作为例证，详见 Yoshihiko Hirano, *Toponym als U-topie bei Paul Celan: Auschwitz-Berlin-Ukraine* (Würzburg: Königshausen & Neumann), 15, 29.
② Derek Hillard, *Poetry as Individuality: The Discourse of Observation in Paul Celan* (Lewisburg: Bucknell University Press, 2010), 21.
③ 二战后大部分的前纳粹分子并没有遭到审判，有的甚至被直接吸纳入新政府。1959年，科隆的犹太会堂墙上被发现涂上了纳粹标志和口号，随后德国爆发了新纳粹主义浪潮。1960年2月，策兰写信给诗人萨克斯（Nelly Sachs），忧虑地提及此事，见 John Felstiner, *Paul Celan: Poet, Survivor, Jew* (New Haven: Yale University Press, 1995), 154.

悬搁了"表象"与"真实"的区分,策兰诗"呈现了一个由转瞬即逝之表象所构成的世界并使之理论化,在此世界中,假象或幻觉(Wahn)与一个真实的显现之间的区别变得不可维持。"①所谓真相(已发生的灾难之事)并不排除幻觉(对此事的被扰乱的知觉)而是内立其中,而对策兰所理解的诗化活动来说,假象和幻觉同样具有本体论上的存在之必要,它们并不构成真相的对子,而仅仅保持为后者的某个深层存在之历史层面的涌现。

对策兰而言,指向心理真实的艺术将自身等同为一场想象/幻觉的灾难以便内爆对于历史的总体表象模式,而幻觉,如精神分析所揭示的,既是经验的一种形式,也是构成它的一部分。如果我们追溯对策兰来说至关重要的表象之幻觉化的议题,最早的论述可以在策兰1948年在维也纳出版的一篇关于绘画的散文中找到。在这篇名为《爱德格·热内与梦中之梦》("Edgar Jené und der Traum vom Traume")的具自我争辩性质的文章中,策兰如此描述德国超现实主义画家爱德格·热内(Edgar Jené,1904—1984)作品对观看者感知秩序的冲击:

> 我应该讲两句关于我在深海里听到的,那里有许多沉默,又发生了许多。我在现实性的墙与反对之上打开一个裂口,站在海镜之前。我等了很久,直到它破裂,让我走入内部世界的巨大水晶。(*GW* 3:155)②

---

① Derek Hillard, "Critical Moments: Paul Celan and Figurations of Madness," *Dissertation* (Indiana University, 2001), 43.
② Ich soll ein paar Worte sagen, die ich in der Tiefsee gehört habe, wo so viel geschwiegen wird und so viel geschieht. Ich schlug eine Bresche in die Wände und Einwände der Wirklichkeit und stand vor dem Meeresspiegel. Ich hatte eine Weile zu warten bis er zersprang und ich den großen Kristall der Innenwelt betreten durfte. (*GW* 3:155)

第一章 石头开花:策兰与诗的(不)可能性

策兰对热内画作的介绍从一开始就表明,后奥斯维辛艺术中所发生之事已经溢出对已发生之事的摹仿——摹仿并不仅仅是复印或复制,它对人类的表象、认知、制作、艺术等等活动具有奠定的功能①。在策兰这里,灾难因其无限破坏、无限溢出的特征延异了直接的自动的表象与置于其中的真理运作;灾难所敞开的是一个充满不确定暗示的符号实践领域,这在该文本"海镜之破裂"这一象征事件中有所启示。更一般地来看,后奥斯维辛艺术与诗的可能性乃奠基于摹仿过程被划破之后涌现的那个创伤之物的流体,那无法在线性历史时序中获得一劳永逸定位的纯粹惊恐。因灾难的未完成性与不可完成性,与"深海"中发生的一切所伴随的不再是对已终结之事(战争、大屠杀)的确认与指控,而是一场正在发生着的意味深长的"沉默",这隐含了对历史灾难的一种抵抗态度。对艺术以及诗来说,表象的抵抗既是一个困境也是一种自由;如果灾难之事无法在预定的表意-表象框架内被经验性地回溯,被直接刻画出来,那么它只能选择想象力的激进变革这条路径来表达并见证灾难之事的无限后果。利奥塔所言的"崇高"或许触及了这一激进的表意变异事件:"艺术所能做的并不是去见证崇高,而是去见证艺术自身的绝境(aporia)和苦痛。它并不去言说不可言说之物,而是去说它无法说出它这一事实。"② 利奥塔提示我们,完全可以将后奥斯维辛艺术以及诗当作某种"二度灾难"——仅仅对自身言说之绝境予以言说的灾难,它只在文本符号实践中降临。

---

① Philippe Lacoue-Labarthe, *Typography: Mimesis, Philosophy, Politics*, ed. Christopher Fynsk (Stanford: Stanford University Press, 1989), 121.
② Jean-François Lyotard, *Heidegger and "the jews,"* trans. Andreas Michel and Mark Roberts (Minneapolis: University of Minnesota Press, 1990), 47.

从表象-表意自身的灾难这一绝境视域出发，我们能够在《爱德格·热内与梦中之梦》一文中观察表象在感知中的分解与再生过程，以及这个过程如何与命名过程（意义）重新相联。说话者"我"作为幻觉的观者，首先从现实之墙与反对中打开通向意识深层的入口——深海中的这堵墙乃是现实性的一个阻隔，它分开"今天"和"明天"，阻挡人的意识通达那时序外之物，永恒之物（GW 3：156）。通过对艺术作品的观看，"我"突破了现实的阻隔，穿越意识的开裂表层，进入无意识的深层。可以预料的是，在"深海"这个水晶般陌异的多维的内意识之所，观者的感知必将迷失于事物梦幻般的呈现："我"看见多条"无号码"的大路迎面而来，每一条路都赋予我"另一双眼睛"以观察"另一个更加深层的存在的美丽荒野"（die schöne Wildnis auf der anderen, tieferen Seite des Seins）（GW 3：155）。策兰在这个略显冗长却十分精确的短语中有意疏离海德格尔大写的存在（Sein）；在热内画作的灾难化场景中（例如被策兰称之为《血海淹没大地》的那幅画，它的实际标题为《红海淹没大地》）。"存在"如其视觉意象的呈现，不再是海德格尔在《存在与时间》中所认为的寻求着熟悉意义标记的"在世界中的存在"，它更加唤起了犹太教《圣经》中神与以色列人立约的西奈山旷野或被犹太人穿越的危险的红海这类场景。策兰对热内画作的观看与解读透露出，此在之视域并没有沿着时间绽出的方向延伸，世界之为世界已在荒芜的陌异之路中变得难以领会与通达。策兰也许暗示，所谓大写之存在的另一个"更加深层（深刻）的面向"，也许不过就是犹太集中营周围那原始荒芜却不乏美景的纯粹自然。

与此同时，叙述者在"深海"里失去视觉定位的能力，他埋怨自己"顽固的旧眼睛"无法在突如其来的众多陌异的景象中做出选择。他的感觉系统被扰乱，观看与言说、图像与命名、"物的表象"（感官）与"词的表象"（思维）之间的差异变得如此夸张甚至于荒谬①——这使思维无法在统一的框架内综合各种感官印象。知识赖以奠基的先天"统觉"（Apperzeption）被分解，②诸感官印象在经验与习惯上的关联也一同分解：

> 我的嘴比我的眼还要高，还要大胆，因它常在我的睡眠中说话，走在我前面并嘲弄我："同一性的老商贩！你看见并认出了什么？勇敢的同义反复的博士？说吧，在这条崭新的路旁，一棵同样树（Auch-Baum）或近似树（Beinah-Baum），对吗？……你最好从灵魂的底部拖出一双眼睛，把它们放在你胸前：然后你就知道，这里发生了什么！"（GW 3: 155）③

这里发生的奇怪情形首先是，在类似梦境的艺术作品面前，观看者的知觉定向功能出现紊乱，诸感官之间丧失了应有的协调，遭

---

① "物表象"与"词表象"是弗洛伊德提出的"对象"在无意识与前意识中的两种被"代表"的方式，前者是"对象"在无意识中的视觉图像，后者是图像被词语化之后的结果。利奥塔在对图形的分析中扩充了"物表象"的领域："物表象"在由意识之审查造成的无意识和前意识的区隔的两边都能起作用，而"词表象"只在前意识一侧有作用，见 Lyotard, *Discourse, Figure*, 345.
② 关于康德统觉（Apperzeption）对诸直观表象的原初统一功能，详见 Immanuel Kant, *Critique of Pure Reason*, trans. Marcus Weigelt and Max Muller (London: Penguin, 2007), 124–133. 康德讨论的统觉是在意识中进行设定的统一，排除了无意识联结的可能。
③ Mein Mund aber, der höher lag als meine Augen und kühner war, weil er oft aus dem Schlaf gesprochen, war mir vorausgeeilt und rief mir seinen Spott zu: "Alter Identitätskrämer! Was hast du erblickt und erkannt, tapferer Doktor der Tautologie? Was hast du erkannt, sag, am Rand dieser neuen Straße? Einen Auch-Baum oder Beinah-Baum, nicht wahr? ... Hol dir lieber ein paar Augen aus dem Grund deiner Seele und setze sie dir auf die Brust: dann erfährst du, was sich hier ereignet!" (GW 3: 155)

受冲击而产生双重化的视觉表象无法再被纳入一个预先的语言框架以得到表述。用"同样"和"近似"来命名曾经的树表明灾难之后用同一个名称来指涉同一个自然之物的困难,因语言与对象一一对应的关系(例如二战中"犹太人"这个专名与犹太人在此专名下的遭遇)已经由历史灾难揭示为意识形态对专名承载者的一种语言学意义上的强行赋予,而且,这种身份的赋予极有可能是"任意的"①。如果命名过程已经隐含了对事物的表象与范畴化,已经预设指称对对象绝对的召唤权能,那么在历史灾难之后,这种传统的命名的语言再也无法回到原初的对事物的召唤而不顾及名称的双重化阴影——与标签式命名相伴随的主观暴力。此处,策兰提出的不仅仅是内在于所有命名语言的"同义反复"(语言表述自身)在灾难后暴露出来的不稳定特性,他同时描述了借由命名而来的沉积于表象的知识在辨认新的联结方面的无能,而这种感觉的无力本身则彻底地是历史性的。

有趣的是,指出这个无能的怀疑之声是从一张没有身体的嘴里发出来的;这张嘴从作为意蕴结构统一体的身体中奇怪地游离出来——在欧洲超现实主义艺术中我们常见到类似的无身体的器官,例如毕加索的《格尔尼卡》(*Guernica*,1937)和达利为希区柯克电影《爱德华大夫》(*Spellbound*,1945)设计的梦的场景②——对我之为我的身份(同一性)以及物之为物的条件(感觉确定性)发出抗议。这荒诞的抗议在意识清醒的状况下被理性统摄并压抑着,它只能在睡梦或幻觉中显现。研究者莱兰(Charlotte

---

① 拜耳援引纳粹史研究者李格(Bryan Rigg)尚未出版的发现:德国纳粹对"犹太人"这个名称的分配有时候是任意的,因希特勒曾签署文件,将德军中有犹太血统的士兵直接认定为"雅利安人",见 Baer, *Remnants of Song*, 325.
② 在毕加索和达利的作品里,"眼睛"被处理成一个超然独立的凝视器官。

Ryland)认为,这张无意识的嘴倒是说出了某种"真实":"因它能在睡眠中说话,说话者的嘴比他的眼更具优先性,这暗示睡眠状态的表达比清醒状态的言说更本真。"① 在此深海之梦的真实域中,叙述者"我"听到了被灾难化的艺术改变后的自我对陈旧的现实性自我的指责,前者无情地嘲讽了后者基于统一性的感知原则与基于同一性的理性原则。我们看到,在"深海"这个无边地浸没并分解惯性知觉联系的场所,表象被解除在清醒状态下的前定统一性以及与之伴随的感觉的因果发生,而这整个破解过程不过是艺术创作所带来的"自由"的一种具体体现:

> 我的听觉已经漫游入我的触觉并学会看见;我的心脏此刻居于我的前额后方,尝到一种新的无法停歇的自由运动的法则。我追随我漫游的感官进入这个精神的新世界并体验了自由。(*GW* 3: 158)②

莱兰比较了该文本与法国超现实主义先锋布勒东(André Breton)的《连通器》(*Les Vases communicants*, 1932),指出了二者的互文,认为策兰即使不是借用至少也呼应了布勒东关于放弃弗洛伊德的意识与无意识的区分的主张。据莱兰的论述,布勒东企图在心理装置的意识与无意识的两个层面"建立持续而丰富的交流",而非仅仅去"掌控"无意识并将其元素与内容简单地带入话语表述的层面。③ 这表现在策兰文本的叙述者"我"不顾"友人"

---

① Ryland, *Paul Celan's Encounters with Surrealism*, 59.
② [M]ein Gehör ist hinübergewandert in mein Getast, wo es sehen lernt; mein Herz erfährt, nun, da es meine Stirn bewohnt, die Gesetze einer neuen, unausgesetzten und freien Bewegung. Ich folge meinen wandernden Sinnen in die neue Welt des Geistes und erlebe die Freiheit. (*GW* 3: 158)
③ Ryland, *Paul Celan's Encounters with Surrealism*, 61.

（理性的代表）的反对，坚持滞留于无意识的深海，坚持与"黑暗之源的通灵"（Zwiesprache halten mit den finstern Quellen）(*GW* 3：157)①。而理性（Vernunft）却认为，灾难后的艺术只要能将黑暗深处的元素带到水面（意识）上来就足够了，艺术与灾难在保持接触的同时必须走出灾难的形式，因为在理性看来，"深度"并不意味着"无底"——这个"底"被理性主义者视为"灵魂的常数"（Konstante des Seelenlebens）(*GW* 3：157)。理性认为既然无意识有其边界，那艺术也必须获取一个理性可接收的形式以达成主体间有效的交流，否则造就此种艺术的理念将是灾难性的，因它恰恰拒绝走出灾难，拒绝将灾难形式化从而将它升华。

  理性对"我"的批判似乎是有道理的——条件是我们接受无意识不被历史污染这个观点，而这无异于忽视整个经验主义哲学与精神分析的传统——的确，以沉醉于灾难之表象这种方式来抵抗灾难，这本身极有可能成为"灾难性"的，虽然它预示了与一种新的自由法则的联姻。这种随感官的解放而来的自由试图以主观化艺术来克服历史创伤，但它也可能走入另一种不自由，因为它使用的是被历史暴力所渗透的语言却对此缺乏批判，它在表现感官自由（或然性）的同时并没有对感官印象在思维中的先验联结（必然性）做出充足的批判性反应。诚然，为避免落入旧的表象模式，法国超现实主义诗歌（布勒东、艾吕雅、塞泽尔）②，以及德国表现主义诗（特拉克尔、海姆［Georg Heym］、贝恩［Gottfried Benn］），都大量使用意识与无意识的象征来表达现代战争所带来的末世恐怖。毋庸置疑，策兰继承了超现实主义和表现主

---

① Zwiesprache 的字面义为"与想象的对话者的谈话"。
② 关于策兰对艾吕雅（Paul Éluard）和塞泽尔（Aimé Césaire）的"灾难化"翻译，见 Ryland, *Paul Celan's Encounters with Surrealism*, 113-150, 71-91.

义对灾难的忠诚，然而，一个重要的区别在于，策兰不仅"使用"象征之物（如《死亡赋格》里的"黑牛奶"，《密接和应》里的"青烟灵魂"）来"表现"灾难，更致力于将诗意形象从浪漫主义以来的对理念/概念的呈现—再现的隶属中夺取出来，① 将其移植入一个持续间距化、陌异化的语言内时空体。这个间距化过程在以无意识自动书写为主导的超现实主义诗学中，在以死亡之直接表象为前提的表现主义诗学中，似乎都过快地完成了。② 策兰所开创的是一种更富有延迟性的——因而更加灾难性的——形象与意义的组建程式。例如，在策兰对热内画作的解读中，"大海"揭示的不仅是表象之于艺术的内在性（深度、浸没性、陌异化），"大海"也暗示着威胁人类生存的超验的毁灭力量，在策兰眼里，大海同时也是那淹没了犹太人的"血海"（Blutmeer）（GW 3：160）。

如果灾难毁坏了基于表象之统一性/同一性的思想，以至于灾难之后再无现成的语言、意象、概念（思想得以展开的必不可少的条件）可以用来进行诗化；如果任何奠基于逻各斯的意义，以及对意义的追寻已在纳粹集中营的焚尸炉中化作灰烬——如果二战后西方艺术与诗还有任何"自由"可言，那么这种还能作诗的可能性恰恰拒绝了任何自由作诗的可能性。自由理性认为灾难恰好就是"我"所看见的世界的分崩离析，就是恐怖的一种可见的

---

① 关于"呈现"，我们也许能从哲学家南希（Jean-Luc Nancy）那里得到一个启发。南希认为艺术是对"呈现的呈现"（the presentation of presentation），而非"再现"（representation），艺术仅仅呈现"呈现"的在场（世界之"呈现"）这个事实，它并不指向某个为之呈现的主体，详见 Jean-Luc Nancy, *The Muses*, trans. Peggy Kamuf (Stanford: Stanford University Press, 1996), 34.
② 超现实主义与表现主义注意了这个间距化过程，但未拷问图像与语言的分离，试比较策兰的《密接和应》，布勒东的《破碎的诗行》（"Ligne brisée"），艾吕雅的《聋子与盲人》（"Le sourd et l'aveugle"），海姆的《战争》（"Der Krieg"）以及贝恩的《迟来的我》（"Das späte Ich"）。

形式；在黑格尔以来的西方思想史上，自由理性将灾难把握为一场通向统一性的事件，一个可理解、可表象的错误，在终结的理念面前，灾难没有无法解释的独一性。策兰作品传递了相反的信息：这种扬弃灾难的见证者姿态（依靠无意识的形式化和对死亡的直接表象）有可能"越过"而不是"穿越"了灾难的时间进程（durch［die Zeit］hindurch, nicht über sie hinweg）(GW 3: 186)——它没能内立于灾难之于表象的陌异化分解。正是在对表象（词语、概念）之自身间距可能性的极端强调上，策兰比超现实主义者和表现主义者走得更远，更切近灾难之思的活动区域——存在者的已被转换的在场与言说方式。策兰借《爱德格·热内与梦中之梦》一文中"我"的嘴所道出的，不仅关乎热内画作，而且关乎反思态度之下的后奥斯维辛艺术与诗的可能性：

> 新的与纯粹的东西该如何诞生？自精神的最遥远的地带，词语与形象、图像与姿势也许能够到来，像梦一样戴着面纱或摘掉面纱……陌异者将与最陌异者相联姻，我目睹新的光芒……它存在于我的清醒思维的表象的彼岸，它的光芒不是白昼的光芒，它为那些我一眼就认出却无法复认的形体所占据。(GW 3: 157-58)①

这是一种非常接近哲学的语言，它意识到自身充满矛盾的连贯性；

---

① Wie sollte nun das Neue aslo auch Reine entstehen? Aus den entferntesten Bezirken des Geistes mögen Worte und Gestalten kommen, Bilder und Gebärden, traumhaft verschleiert und traumhaft entschleiert ... da Fremdes Fremdesten vermählt wird, blicke ich der neuen Helligkeit ins Auge ... [L]ebt sie doch jenseits der Vorstellungen meines wachen Denkens, ihr Licht ist nicht das Licht des Tages, und sie ist von Gestalten bewohnt, die ich nicht wiedererkenne sondern erkenne in einer erstmaligen Schau. (GW 3: 157-58)

它同时也因其非现实性而接近幻觉和梦,它在一种不可化约的距离中同时切近黑格尔、海德格尔、弗洛伊德和布勒东,可以说,它被哲学与梦的场景"过度决定"。这是一种典型的策兰式话语,在思想之中却又不属于任何一种既定之思,在想象之中而又不局限于想象之形象;实际上,策兰宣称目睹了那些真实的无名之形,它们被一种异样的光芒笼罩。新的艺术之光(奥斯维辛之后诗化的可能性)不属于"白昼"的秩序(但策兰未提到与之对应的"夜晚",这使得我们难以确定这亮光的来源),也不属于理性把握之内的表象秩序——那些形体无法被源于经验的知识"复认"(wiedererkenne)。策兰满怀希望地表明,这一束新的亮光来自一个回响着尼采精神的"彼岸"(jenseits),它将见证"陌异者"(Fremdes)与"最陌异者"(Fremdesten)的奇妙结合。奥斯维辛之后艺术的乌托邦仍来自精神,但它不再是精神的某种直接可感的显现、呈现,它更不支持精神凌驾在个体之上的权能,它分化精神成为"切近"与"遥远",从"精神"这个充满创造与毁灭之潜能的概念内部开凿出具有启示性的作品。

这段话打开了策兰诗学的本质陌异性观点,存在之思与灾难之诗中"陌异性"(例如,海德格尔的 Unheimliche 与特拉克尔的 Fremdes)被叠加起来,① 相同或相似的理念/概念/观念之间出现了双重间距,而言说的主体正好被策兰放置在这个不可决定的间距上。拉古-拉巴特敏锐地指出策兰诗在这不可摹仿、不可表象的距离中的发轫:"在艺术与自身的差异或陌异者对自身的陌异感中",在"陌异之物那不可转让的核心(the unassignable heart of

---

① 关于海德格尔对特拉克尔诗作中"陌异者"的讨论,详见 Martin Heidegger, *Unterwegs zur Sprache* (Frankfurt am Main: Vittorio Klostermann, 1985), 33—78.

the Unheimliche),诗发生了。"① 这样一种诗学姿态无疑远离了纳粹主义对世界的工具化的无余表象,远离了逻辑-本体论神学规划下的存在者对自身同一者的归属。如拉古-拉巴特所说,诗加重了灾难,它不过是灾难的"字面化",恰好因为诗的发生,终有一死者的存在突然被揭示为"奠基于深渊之上"。②

此种关于深渊的灾难化修辞同时也源于策兰在论及自我与自我、自我与他者相遭遇时所保留的那份大写之神秘。1960 年,诗人在毕希纳奖演讲词《子午线》中再度指认诗发生的场所:诗发生于一场"相遇的神秘之中"(im Geheimnis der Begegnung),诗的话语乃是为着那仍然陌生的"全然的他者"(ganz Anderen)(GW 3: 198, 196)。这个他者并非遥不可及,策兰认为那些形体"也许能够到来",但它们如此转瞬即逝,以至于我们无法确信我们是否拥有对它们的经验和知识。陌异者之为陌异,或许由于它对言说主体的距离已经内在于主体自身,内在于主体对世界的表象;策兰似乎想传递这样一个信息:陌异者能够被定位于表象与其自身的间距,此开口即陌异性本身。对策兰诗与陌异性思想之间这个接缝的穿越,很大程度上决定了后灾难时代的读者——作为总是已经幸存的见证——将在何种意味上来领会策兰所言的陌异者之间的不可能的结合,也即双重的他者的到场。

在奥斯维辛这一灾难事件之后来讨论任何诗学的"发生""起源"或"场所",即使不是不可行的,至少也困难重重,因为此种灾难不仅引致文化多样性、哲学反思、生命伦理的毁灭与来自外部的重新铭写,其可怕之处还在于它剥夺了见证的自然性,使见证的诗化("诗"作为存在者的见证)变成一种症状的书写与阅

---

① Lacoue-Labarthe, *Poetry as Experience*, 52.
② Ibid., 51.

第一章 石头开花：策兰与诗的（不）可能性

读，迫使见证的语言去承受整个西方形而上学所遭遇的批判。从另一方面看，除去奥斯维辛这一灾难事件，策兰诗作的任何其他单一起源（哲学、文学、艺术）变得难以指认。然而仅仅指出奥斯维辛这个作为起源的基底是不够的，我们还应看到它如何包含了其他起源并转化它们为表象之破裂的话语的一部分。策兰作品与现代主义之间的一个明显界限，即在于策兰对包括海德格尔存在论在内的"哲学的决断"的质疑与回应——此决断排除了那在概念自身运动中不再返回于同一性的观念之物。贯穿当代西方思想的"我思的表象"（笛卡尔）、"表象的关闭"（德里达）、"不可表象性"（利奥塔）在策兰这里都得到了某种程度的突破与延伸，这为思考二战后西方诗学与陌异性话语之间的相互归属提供了一个可探讨的领域。我们即将看到策兰如何在早期诗作中对德国浪漫主义哲学以及黑格尔的绝对精神做出一种海德格尔意义上的争执（Auseinandersetzung），以开启其诗作对概念—表象活动的漫长的解绝对化运作。

第二章

"绝对"的崩塌:早期策兰与后浪漫主义陌异

我们死去且能呼吸

——策兰《法国之忆》

"绝对"的穿刺

作为一个出生于罗马尼亚,双亲均被纳粹杀害,战后流亡法国、却坚持以德语写作的犹太人,策兰与德国文学、哲学传统的关系不可谓不紧张。策兰早年追随德国浪漫主义(荷尔德林、黑格尔、尼采),却不幸遭遇可称之为"绝对"之事件的犹太大屠杀,[①] 其后旅居法国的生活也一直携带难以弥合的伤痛,直至最后精神崩溃,自溺身亡。对策兰这样灾难之后的诗人来说,诗的任务不再是去再现/表象已发生的灾难事件,而是以诗的方式彻底地思考该事件之发生,即以思辨(Begreifendes Denken)的方式追问灾难得以发生之因由,把握(greifen)其哲学与政治的预兆。其中至关重要的一点是灾难得以生成的"绝对化"思考方式,这在黑格尔著名的"绝对精神"(Absoluten Geistes)中得到表现,而犹太大屠杀即是该"绝对精神"在以单一目的论为导向的历史意志之最后实现。当扬弃一切客体的毁灭意识将自身高举为"绝对精神"的代言人,诗也同时转变为与该"绝对"相周旋、抵抗、解域的一种言说方式。

[①] 在布朗肖看来,犹太大屠杀之"绝对"的意义在于它"中断了历史",而从这个中断之点上"不可能发展出任何话语来",任何一个"现时"都在犹太大屠杀中无可抵御地崩塌了。参见 Maurice Blanchot, *The Step Not Beyond*, trans. Lycette Nelson (Albany: SUNY Press, 1992), 114.

为了把策兰诗学发生之源推至一个更深远的历史基点以突显策兰青年时代的阅读痕迹,有必要将策兰与德国浪漫主义哲学相关联。本章试图阐明策兰早期作品如何从根本上以德国浪漫主义哲学为理论背景,不遗余力地针对此哲学传统进行灾难式回应。故而,早期策兰诗作可视为"思辨活动"在诗之中实现的一个特例,即诗的意义运行过程中所发生的针对概念(Begriff)的解构即解绝对化活动,此活动质疑了观念论哲学中某些关键概念的内涵,暴露出这些概念被设定的思维基础与可能的总体化趋势。本章力图将策兰早期诗学带出传统阐释学视域和犹太研究领域,令其深刻地进入观念论哲学维度。这于诗学研究本身显然也是一条未曾尝试过的路径。

策兰早期诗作,即最早正式出版的诗集《罂粟与记忆》(1952)与《从门槛到门槛》(1955),整体上可读作灾难之诗对奥斯维辛得以发生的认识论条件的批判。此认识论条件一方面指向对现象界全面而集中的表象方式——奠基于概念之同一性与统一性的无残余表象,这在纳粹宣传活动中达到巅峰。另一方面,此表象模式还有更隐蔽的哲学前提,可追溯至十九世纪德国哲学对"绝对化奠基"的理论探求。策兰早期作品对德国"浪漫主义之绝对"(the Romantic absolute)这个重要的思想方式加以批判和改写,将纳入概念的"再决定"之中,以达到对绝对者的"去绝对化"。通过将所谓的"无条件之物"推向自身逻辑的荒谬甚至于恐怖的极端,通过剥离那些看似强大的理论力量(特别地,黑格尔辩证法中概念的绝对自身等同),策兰揭示了无法被自圆其说的哲学、理性话语抚慰的人类苦难,而该苦难恰恰源于思想在"绝对之物"驱动下实施的对有限者的销毁。策兰与德国浪漫主义传统的争辩表明了其早期诗的理论与批判思想所向。

对"绝对"的奠基,也即对无条件者的思辨探求,贯穿了从康德至黑格尔的德国观念论哲学。对绝对之物的寻求在十九世纪德国浪漫主义诗人诺瓦利斯（Novalis）的哲学断片《花粉集》（1798）中得到明确表述："我们到处寻求绝对者（das Unbedingte），却只能找到物（Dinge）。"① 出于一种想要认识并表达（而不仅仅是思考）"绝对"的急迫，德国浪漫主义者与观念论哲学家——包括被"绝对"之认知引导向知识论界限的康德，以及进一步将此认知加以辩证化的黑格尔——均不同程度地受到"有限者"与"无条件者"、"理智直观"与"感官感知"、"自我"与"非自我"、"精神"与"物"这些相对概念间之思辨裂隙的激发。在对谢林自然哲学的晚近研究中，格兰特（Iain Hamilton Grant）指出，unbedingt 这个词虽在不同场合被译为"未被决定者""无条件者""绝对者"，但其字面义已预示"未被物化者"，即那些没有像物一样被决定的东西。② 在德国观念论哲学中，"成为某物"意味着成为在时空、因果或康德称之为"范畴"的条件中被限定的某物，而在黑格尔那里，任何一个存在物（Dasein），"因为已经被设定，它本身就是一个对立，既被限定，也限定他物"。③ 至高之绝对或无条件者既相应于康德哲学中不奠基于经验也不被知性所把握的"调节性理念"，也相应于诺瓦利斯在《费希特研究》（1795）中所推论的，"它绝非给定的某物，而是被自由创造、发明、设计出来

---

① Novalis, *Gesammelte Werke* (Frankfurt am Main: Fisher, 2008), 359.
② Iain Hamilton Grant, *Philosophies of Nature after Schelling* (London: Continuum, 2006), 16. 在德语里，Unbedingt 是 bedingt 的否定形式，后者意味着"被限定""被规定"，动词为 bedingen，即"引致""限定""规定"。格兰特认为，对谢林来说，所谓"思辨物理学"（speculative physics）的首要任务并非认知经验的客体，而是认识那"未被物化者"，即"无条件者"（dem Unbedingten）(109)。
③ G. W. F. Hegel, *The Difference Between Fichte's and Schelling's System of Philosophy*, trans. H. S. Harris and Walter Cerf (Albany: SUNY Press, 1977), 95.

的某物，其目的在于奠基一个普遍的形而上体系"①。

正是在对绝对理念（费希特的"绝对自我"，谢林的"绝对自由"，黑格尔的作为绝对知识的"精神"）的借用、批判以及文学化虚构中，德国浪漫主义获得一个最为直接的定位。浪漫主义者们从来不只是热切的哲学读者，他们自己就是不同程度上的哲学家，他们就"绝对"或绝对之思生产了大量论说，而这些论说直接影响了德国浪漫主义文学创作。如弗兰克（Manfred Frank）指出，德国浪漫主义对观念论哲学的发展具有重大贡献，虽然它最终偏离了观念论："荷尔德林、诺瓦利斯与施莱格尔不能被归入所谓德国观念论的主流，哪怕这些哲学家是在与观念论主要人物的密切合作中发展自己思想的。"② 哲学家与诗人的"合作"是不争的事实，但浪漫主义理论家（施莱格尔、诺瓦利斯、荷尔德林）在何种程度上受体系缔造者（康德、费希特、谢林、黑格尔）的影响，却在存在、知识和艺术方面最终偏离了观念论体系——关于这一点，学者争论不休。比如，在解开浪漫主义与观念论哲学之间黑洞般的理论纠缠中，弗兰克与其论敌拜瑟（Fredrick C. Beiser）做出了完全相反的解读：前者认为浪漫主义是一种实在论，而后者则认为它整个是观念论的。③

观念论者与浪漫主义诗人虽在美学与认识论上各有侧重，却不约而同地把"绝对"当成无论文学还是哲学的最高原则，而当

---

① Novalis, *Fichte Studies*, ed. Jane Kneller (Cambridge: Cambridge University Press, 2003), 171.
② Manfred Frank, *The Philosophical Foundations of Early German Romanticism*, trans. Elizabeth Millán-Zaibert (Albany: SUNY Press, 2004), 28.
③ See Dalia Nassar, *The Romantic Absolute: Being and Knowing in Early German Romantic Philosophy, 1795—1804* (Chicago: University of Chicago Press, 2014), 9 - 11; Elizabeth Millán-Zaibert, *Friedrich Schlegel and the Emergence of Romantic Philosophy* (Albany: SUNY Press, 2007), 38 - 44.

第二章 "绝对"的崩塌：早期策兰与后浪漫主义陌异

代讨论也多聚焦于这一论题。现在，研究者们想弄清在诺瓦利斯和荷尔德林对于费希特的讨论中，"绝对"到底是某个被意识设定之物还是根本外在于意识的实在，① 以及作为物自身、主体性与客体性之统一的最高原理，"绝对"这一观念究竟在诗（无限渴望）还是哲学（理性推论）中获得较好的表达。相反的观点认为，作为第一原理的"绝对"或"无限"已被揭示为奠基主义的古老梦幻，很快就被第一批浪漫主义理论家如施莱格尔（Friedrich Schlegel）自己所否认。实际上，施莱格尔拒绝了任何一种奠基于第一原理的观念论哲学："哲学，如史诗，乃在中途（in mediasres）展开"，"认知一物即意味着一种总是被限定的［并非无条件的］知"，所以施莱格尔宣称，"绝对者的不可知乃无足轻重"。② 然而，施莱格尔的论断不能只究其字面义，他诚然拒绝了不可知的绝对，但他仍坚持文学形式（格言、断片）作为一条通向绝对化之哲学体系的可行之途。本雅明（Walter Benjamin）的评论巧妙地反转了施莱格尔思想中体系与绝对的关系；他认为，与其说施莱格尔"系统地寻求此绝对"，不如说他"'绝对地'把握了体系"。③ 在对施莱格尔兄弟、谢林、诺瓦利斯的阅读中，南希与拉古-拉巴特认为，浪漫主义者所极力追寻的也许并不是奠基于绝对的哲学体系，而是文学的带有绝对性质的"原初生产"，他们拥抱的并非某个绝对的哲学体系，而是"文学的绝对"。④

策兰早期两本诗集《罂粟与记忆》与《从门槛到门槛》可读

---

① Frank, *The Philosophical Foundations of Early German Romanticism*, 116.
② Millán-Zaibert, *Friedrich Schlegel and the Emergence of Romantic Philosophy*, 122, 33.
③ See Philippe Lacoue-Labarthe and Jean-Luc Nancy, *The Literary Absolute: The Theory of Literature in German Romanticism*, trans. Philip Barnard and Cheryl Leser (Albany: SUNY Press, 1988), 46.
④ Lacoue-Labarthe and Nancy, *The Literary Absolute*, 49, 12.

作一种针对"浪漫主义之绝对"的争辩,同时也是为了克服这样一种绝对之观念,此观念在黑格尔的"精神"或作为自我相关的否定性的绝对理念中获得至高表达——它吸取、吞食或扬弃了其他的浪漫主义绝对,如费希特的"自我"、谢林的"自然"、诺瓦利斯的"中介"、荷尔德林的"存在"。① 如果说对于绝对的渴望不仅启动而且在很大程度上定义了浪漫主义的姿态,那么由策兰早期作品所具现的后浪漫主义想象则将这种无限的渴望推到这样一个点,即任何概念都无法再保守其统一性,哪怕"绝对"这个概念也莫能除外。如果说浪漫主义将绝对高举到充足律或根据律的决定之上,也就是高举到一种类似理念存在的"现实的活生生的纽带"(reality of living nexus)②——此乃纳赛尔(Dalia Nassar)《浪漫主义的绝对:德国早期浪漫派哲学中的存在与知识(1785—1804)》(2014)一书的核心观点③——那么后浪漫主义的想象则把精神与物质、普遍与特殊、形式与内容之间的"活生生的纽带"(living nexus)再次抛入概念的深渊,在"绝对"内部实现黑格尔所描绘的已被决定之物的命运:"进入〔自身的〕基底"(zugrunde

---

① 实际上,拜瑟在其巨著《德国观念论:主观主义的斗争(1781—1801)》(2002)一书中虽然承认黑格尔强大的"综合与系统性力量",但他也提醒研究者,以黑格尔式的视角来阅读整个德国观念论史是很危险的,详见 Fredrick C. Beiser, *German Idealism: The Struggle against Subjectivism, 1781—1801* (Cambridge, MA: Harvard University Press, 2002), 9-11.
② Nassar, *The Romantic Absolute*, 5.
③ 在对诺瓦利斯、施莱格尔、谢林的出色研究中,纳赛尔详细讨论了作为自然与精神之间活的纽带的"绝对":"绝对正是那活生生的统一性,其各部分并非单纯地反映一个既定的现实,而是积极地参与它的创造"(260)。当然,该观点对于纳赛尔所研究的那些浪漫主义者来说具有很大涵盖力,然而成问题的是,纳赛尔并没有在她的浪漫主义"星丛"中给予黑格尔的"绝对"一个适当位置。

第二章 "绝对"的崩塌：早期策兰与后浪漫主义陌异

zu gehen)。①

正是在对"绝对"的某种穿透性举动中，策兰早期诗作的思维倾向得到一个明确的哲学定位。策兰在《罂粟与记忆》的第一首诗《荒野之歌》（"Ein Lied in der Wüste"）中宣称：

> 一只花环由阿卡拉地带发黑的树叶织成
> 我驱策黑种马狂奔，将匕首刺向死神。

> Ein Kranz ward gewunden aus schwärzlichem Laub in der Gegend von Akra:
>
> dort riß ich den Rappen herum und stach nach dem Tod mit dem Degen. (*GW* 1: 11)

在这一唤起中世纪宗教战争之驱力的场景中，策兰的骑士正艰难地穿行于浪漫主义象征物所编织的稠密文本。"刺向"（stechen）这一举动，意味着对作为大写之神秘的死亡的强力穿透，借此将浪漫主义的超越性死亡转化为一个被限定的物化对象②——它必须具备形体才能被"刺向"，甚至死去。换言之，策兰这首诗一开

---

① G. W. F. Hegel, *Hegel's Science of Logic*, trans. A. V. Miller (New York: Humanity Books, 1969), 472. Zugrunde zu gehen 在德语中也指"向着根据而行""崩溃""毁灭"。

② 策兰应该熟悉里尔克（R. M. Rilke）《时辰之书》（*Das Stunden-Buch*, 1905）中对上帝之非物质性本质的颠倒与客体化，即"物化"，里尔克的僧侣在该书中向着他的至高者即基督教上帝如此祷告："你，万物之物"（du Ding der Dinge），详见 R. M. Rilke, *Gesammelte Werke* (Köln: Anaconda, 2013), 218. 关于里尔克的"物化"倾向，莱恩（Judith Ryan）在其研究中认为，《时辰之书》中的上帝可以说已"转化为僧侣们所创造的神圣制品的另一个版本"，详见 Judith Ryan, *Rilke, Modernism and Poetic Tradition* (Cambridge: Cambridge University Press, 2004), 28.

头，死神就失去自身的无限性并反讽地坠入概念上的矛盾。在德国浪漫主义传统，例如诺瓦利斯的长诗《夜颂》（1800）中，死亡乃作为不具形态的神秘之夜出现；死亡，如诺瓦利斯设想，"让我们得知永恒的生命"并且"最终使我们完整"。① 《荒野之歌》虽从艾兴多夫、歌德、诺瓦利斯那里继承了歌（Lied）这类抒情形式，但它对抒情形式的灾难化运用，使得它很难与传统浪漫主义抒情诗相提并论。如果说诺瓦利斯热切期待从基督之死中诞生一种新的人性，如其散文《基督国与欧洲》（1799）所预示，那么策兰则通过将死亡"解绝对化"从而撤销了诺瓦利斯所言的远古时代的死亡对"更高意义"（hohen Sinn）的揭示，这样的意义指向了《圣经》中神与人的原初和谐。②

策兰诗作一开始就已经置身于一幅陌异的后浪漫主义景象，他在随后的文本中不断返回这一战争的灾难场景。"以发黑的树叶"（aus schwärzlichem Laub）这个短语在德文原文中听起来几乎就像"奥斯维辛"（Auschwitz）这个专名被拆开后的回响，二战期间，策兰的双亲与上百万的犹太人就在此专名所命名之处（表面上是劳动营）遭遇迫害。进一步看，以发黑的树叶织就的花环终结了"花"这著名的浪漫主义意象，我们知道，"花"曾是"有机联系"的一个典范——施莱格尔以之比喻"有机知识"，诺瓦利斯以之比喻无限的神圣的爱，在黑格尔那里，很自然，"花"具现了"有机统一"。该诗第二节中，我们得知在阿卡拉（Akra）这宗教战争发源之地，盛开的其实并非花朵，而是被砍成碎片的月亮和"戴着锈蚀戒指的手"（die Hände mit rostigen / Ringen）（*GW* 1：11）。在此，死亡不再是被渴望的不可触及的神秘的浪漫主义之绝

---

① Novalis, *Gesammelte Werke*, 128.
② Ibid., 132.

第二章 "绝对"的崩塌：早期策兰与后浪漫主义陌异

对，而对死神的进攻也并非如诺瓦利斯所设想的为获得死后新生；相反，作为绝对之彼岸的死亡被揭示为一个已被限定的时刻，解除了终结与拯救的双重功效。在策兰诗的灾难化场景中，与浪漫主义之绝对相对的是另一种类似黑格尔哲学的"绝对"，一股由悖论所驱动的不可妥协的概念之力，它在观念之间来回反射，并非为规定或决定它们，而只是为了加大概念间的鸿沟，使之趋向理性层面的断裂。

策兰笔下朝圣的骑士就这样毫无畏惧地向着阿卡拉（位于巴勒斯坦北部，曾为十字军大本营）进军，并报告他"从深木杯中啜饮阿卡拉之井的灰烬，/拉下护面罩，冲向天堂的废墟"（Auch trank ich aus hölzernen Schalen die Asche der Brunnen von Akra / und zog mit gefälltem Visier den Trümmern der Himmel entgegen）(GW 1: 11)。[①] 德卡罗（Adrian Del Caro）观察到，"啜饮灰烬"自然无法"令人强健，相反，这更像《骨灰瓮之沙》中对沙的啜饮"，而且，该骑士准备在"天堂的废墟"里打一场宗教战争的决心大为"可疑"[②]。策兰的骑士与废墟天堂的遭遇，实为一种欲进而止，这从 entgegen 这个词可看出，它有"向着"与"反对"的双重含义。另一方面，天堂或天空（Himmel）唤起了荷尔德林的

[①] 策兰这首诗的意象明显脱胎于里尔克长诗《掌旗官克里斯托弗·里尔克之爱与死》（Die Weise von Liebe und Tod des Cornets Christoph Rilke, 1912）。与策兰诗类似，该诗一开始即向着战争的废墟进发："骑啊，骑啊，骑啊，骑过白天，骑过晚上，骑过白天。骑啊，骑啊，骑啊。心力已憔悴，渴望却这般巨大。再看不见山坡，也没有树……他们经过一个被杀死的农夫，他的眼睛还睁着。"与策兰诗中的骑手不一样，里尔克的掌旗官未能幸免于难，他死于1663年与土耳其人的战争，详见 R. M. Rilke, *The Lay of the Love and Death of Cornet Christopher Rilke*, trans. M. D. Herter (New York: Norton, 1963).

[②] Adrian Del Caro, *The Early Poetry of Paul Celan: In the beginning was the word* (Baton Rouge: Louisiana State University Press, 1997), 163.

作为神圣之超越性的"天空",也即至高者。在荷尔德林那里,天空给予人性和诗以尺度。向着一个毁坏的天堂进军,这表明策兰的骑士不仅决意毁坏死亡的超越性,更执意于毁灭神学、哲学以及存在论上一切向上的精神运动。奔向一个被毁坏的天堂从侧面暗示出此地带对圣战精神的奇怪吸引,虽然该骑士随后发现,"在阿卡拉地带,天使已死,我主双目失明"(Denn tot sind die Engel und blind ward der Herr in der Gegend von Akra) (GW 1: 11)。更奇怪的是,进入此战争地带后,骑士发现很难解释自己为何"最终为一个吻躬身,当他们在阿卡拉祈祷",并让自己变成"他们微笑的兄弟",也就是"阿卡拉的铁甲天使"(der eiserne Cherub von Akra)。换言之,他无法解释自己为何在喋血的阿卡拉地带转变为一位宗教战争的保护神。

《荒野之歌》中的人类精神在一场诗的虚拟中反讽地进入一个被战争撕裂的地带,而幸存者所处的这荒野或废墟(Wüste)不仅充满宗教末世启示,① 更揭示出某种被设定起来的信仰逻辑——某个被当作最高理念(真理)所追寻的东西——如何可怕地"真实"起来。对于绝对精神的渴望在其自身概念的不可调和的矛盾中(诗中的"我"不仅刺杀了死神,还见证了天使的死与神的失明),揭示了朝向"绝对"的那危险而狂热的人类驱力。这部分地解释了为何在诗的末尾,当骑士"口念这名字时,面庞仍感觉灼炽"(So sprech ich den Namen noch aus und fühl noch den Brand auf den Wangen) (GW 1: 11),因"阿卡拉的铁甲天使"本是一个他不愿承认的神圣化的误名。

德卡罗将这首诗读作策兰"至为痛苦而深刻的自我穿刺",

---

① 流传颇广的路德版《圣经》(*Luther Bibel*, 1545)中,wüste 乃是指创世之初宇宙混沌的那个词:"Und die Erde war wüst und leer, und es war finster auf der Tiefe"("地是空虚混沌,渊面黑暗")。

第二章 "绝对"的崩塌：早期策兰与后浪漫主义陌异

"通过创造一个暧昧的中世纪基督教的隐喻，他表达了负罪感"①。考虑到策兰对浪漫主义之绝对的批判，这灼烧的负罪感一方面托出骑士已然叛教的某种可能（他最后定居于陌生人之中，而这些人有可能曾是他的意识形态的敌人），另一方面，它也指向这样一种解读：骑士意识到自己也是促成这片废墟成为废墟的共谋者，尽管"那些人"仍向着一个未知的神祷告，也许正是他们的祷告与随后的战争制造了这片废墟。哈马赫（Werner Hamacher）在著名的《颠倒的时刻：策兰诗中一个比喻的运动》（1994）一文中，对策兰诗做了一次全面黑格尔式解读。他认为策兰早期作品具有一种将"一般概念追入分裂与绝望"的独特能力，策兰能够在观念的形式和内涵之间制造出一种"内向收缩"并因此留下一个意义的空缺，即词语内涵被嵌于其中的意象部分地否定或反转、丧失惯常所指之后留下的意义空白。② 在哈马赫看来，策兰诗学中运动着的语义"颠倒""与黑格尔同行"，但又"不仅与之同行"，也就是说，策兰在诗中并不执意去实现黑格尔式"绝对"，他更多地是想借由概念的颠倒来实现"差异在否定中的统一"（negative unity of difference）而非"同一与差异的统一"（unity of identity and difference）。③

一般来看，早期策兰诗中的时间序列显现出与语义进程相逆反的态势，试图在矛盾修辞和反讽中倒置，以至于破坏了词语表象在黑格尔思辨哲学中不断向着自身统一性的回返。实际上，策兰作品很早就具备了一种在词与对象之间逆向书写的性质，这表现为语言表意与书写对象之间的逆反关系，策兰的语言在面对持

---

① Del Caro, *The Early Poetry of Paul Celan*, 163.
② Werner Hamacher, "The Second of Inversion," 224, 225.
③ Ibid., 230.

立之对象的时刻越过了对象之惯常对象性，并以此悬搁诗意陈述的真理条件——这些条件被词语的反向运动揭示为理论理性的预先安排。实际上，策兰在辩证法的回环运动中踏出了至关重要的一步，这一步恰好走出了概念回返自身的路径，迫使自身映射的概念溢出其自身一致性——在《子午线》手稿中，策兰将这一步称为一种"转向"（Umkehr），而非单纯的"调头行驶"（Gegenverkehr）。① 当然，也有论者认为策兰对"转向"的关注与他的"成为犹太人"（verjuden）的提法密不可分。② 这种看法直接将策兰的"转向"定位于一种非哲学的话语，即犹太性，以突显犹太身份对策兰诗作的影响。这种观点实则忽略了辩证法对策兰之"转向"的内在驱动。既差别于宣扬基督教之单义精神性的诺瓦利斯，也不同于追索诸神隐退之踪迹的荷尔德林，从他诗创作的开端起，策兰就投身于悖论与二律背反之探求。同黑格尔一样，策兰深陷于"思辨判断"，然而与黑格尔不一样的是，策兰并不试图在这些判断中借由自身异化的映射来决定对立面，从而回归概念的自身统一/同一。无可置疑，《荒野之歌》里的矛盾显然带有辩证法特征——仿佛策兰写作乃是出于对辩证法的复仇：灰烬与滋养、废墟与天堂、盛开的荆棘。这首诗在"反映/反思"的概念决定性运动与"思辨"之本质观看之间往复，既戏仿了黑格尔的真理，也将其灾难化：

活的实体，只当它是建立自身的运动时，或者说，只当它是

---

① Paul Celan, *The Meridian: Final Version—Drafts—Materials*, trans. Pierre Joris (Stanford: Stanford University Press, 2011), 51.
② 参见 Vivian Liska, "'Roots Against Heaven': An Aporetic Inversion in Paul Celan," *New German Critique* 91 (2004): 41–56; Amir Eschel, "Paul Celan's Other: History, Poetics, and Ethics," *New German Critique* 91 (2004): 57–77.

自身转化与其自己之间的中介时，它才是真正现实的存在，换言之，它才是真正的主体。实体作为主体是纯粹的单纯的否定性，唯其如此，它是单一的东西分裂为二的过程或造成对立面的双重化过程，而这种过程又是这个漠不相关的区别及其对立的否定。所以唯有这种重建着其自身的同一性或在他物中的自身反映……才是真理。①

在黑格尔辩证法中，"重建着其自身的同一性"（wiederherstellende Gleichheit）总是伴随着——实际上它在意识中制造并同时调和了——"单一的东西的分裂为二的过程"（die Entzweiung des Einfachen），即设定了对立面的"双重化过程"（entgegensetzende Verdopplung）。对黑格尔来说，真理必须要达到它的终点，也就是它的起点，才能真正成为现实之物，因为真理本来就是这个环形的生成运动，该运动总是已经在意识中假定了"一分为二"即实体的双重化活动。发源于奥斯维辛这一绝对灾难的策兰诗，指向了针对黑格尔意义上概念自身运动的某种颠覆或破坏行动。思辨哲学中被否定运动所最终肯定的概念，在策兰这里被展现为纯粹双重化与溢出的过程。在黑格尔辩证体系中，概念的双重化已然存在并始终运作着，但在以统一性为旨归的概念的辩证运动中，双重化只是一个思想的设定，一个概念在返回自身后就立刻被抹去的东西。针对黑格尔这种实体与本质的绝对生成观念，策兰以一种奇怪的"后浪漫主义诗学"予以回应：为分裂而分裂，为颠倒而颠倒，以迫使概念经历极端的自身转化，而且，这个转化活动并不终止于黑格尔所设想的真理，也并不停止于任何调和："在

---

① G. W. F. Hegel, *Phänomenologie des Geistes* (Stuttart: Reclam, 1987), 21; 黑格尔：《精神现象学》（上卷），贺麟、王玖兴译，北京：商务印书馆，2016年，第12—13页。译文有改动。

策兰这里不存在对立面之和谐（coincidentia oppositorum）"①。策兰诗作对于启蒙理性的后灾难式批判，对于艺术与真理之间距的扩展，在法兰克福学派哲学家阿多诺看来，倒是为否定性文学描画出一个惊恐的面相："在当代德语密闭式写作的最重要代表人物策兰那里，密闭式经验内涵完全因为拒绝被升华的苦难而被颠倒。面对着既抵抗经验又拒绝升华的苦难，艺术感到羞耻，这羞耻完全渗透在策兰的诗里。他的诗欲以沉默道出极度的惊恐，其真理内涵转化为否定之物。"②

策兰在一首早期诗《不安的心》（"Unstetes Herz"）中写道："无一物/以自身的形体走来"（nichts / tritt hervor in eigner Gestalt）(GW 1: 71)，当具有形体的事物进入策兰诗作，它很可能丧失由意识所确保的感官确定性而变得难以辨别，如德卡罗评论道，这行诗中"不再有熟悉之物，再没有什么能保持自身同一性"③。策兰对词（概念）与其召唤对象（物）之间的"直接性"心有余悸，他的早期诗作可以恰当地称之为与黑格尔辩证法的争执，因辩证法仅仅经由思辨活动就对概念之绝对性予以加冕——此概念之绝对既是诸多"浪漫主义之绝对"的巅峰，也是它们的消解。策兰针对概念之绝对的"去绝对化"运作开启了欧洲浪漫主义之后一个奇特的（也许是最为奇特的）诗学颠覆：它割裂了对象的自我关联，推翻感觉确定性，将现象世界置入并非混沌却难以理知的秩序。

策兰很多早期诗围绕概念之绝对自身等同性的疑难展开，例

---

① Jean Bollack, *Paul Celan: Poetik der Fremdheit*. Trans. Werner Wögerbauer (Wien: Paul Zsolnay, 2000), 77.
② Theodore W. Adorno, *Aesthetic Theory*, trans. Robert Hullot-Kentor (Minneapolis: University of Minnesota Press, 1997), 322.
③ Del Caro, *The Early Poetry of Paul Celan*, 150.

第二章 "绝对"的崩塌：早期策兰与后浪漫主义陌异

如《油脂灯》（"Talglicht"）一诗同样以一个中世纪意象开始：僧侣们打开一本"书"，然而这不是一本书，而是一个独特的月份：九月。接着，在这年月的晚期，伊阿宋（Jason），这位追寻神话的浪漫主义英雄原型，"将雪抛向嫩芽初发的种子"（Jason wirft nun mit Schnee nach der aufgegangenen Saat）（GW 1：15）。对着种子抛洒雪的行为可看作从无意识向着意识上升的努力，研究者发现策兰早期诗中的"白色"系统地代表记忆，而"蓝色"则指向遗忘。① 更直接地看，这行诗给出了一个以无机物滋养生命的特例，预告了《死亡赋格》中的著名诗句："清晨的黑牛奶，我们在傍晚喝它"（Schwarze Milch der Frühe wir trinken sie abends）（GW 1：41）。这两个例子中的"矛盾"（尽管后者更为极端）乃是从概念内部被策兰以同一种方式创造出来的，仿佛向着种子抛洒雪可以帮助其生长而不是窒息它，仿佛喝下自相矛盾的"黑牛奶"——其本质已被不可转化的部分否定所阻断——真的能够滋养二战期间囚禁于纳粹集中营里的那些生命。在策兰的世界中，生命不再如浪漫主义者所设想的那样是一个最高范畴，也不再处于与死亡的相对关系中以等待哲学与宗教的救赎。相反，在策兰这里，生命是一个有条件的活动，从纯粹的矛盾中汲取养分。此生命观的黑格尔式运动在接下来的一行中延续："森林给你一条手作的项链。于是你在死亡中走上绳索"（Ein Halsband aus Händen gab dir der Wald, so schreitest du tot übers Seil）（GW 1：15）。这一行超现实主义诗句可怕地唤起了猎杀并佩戴战利品的行径，这象征的项链怪异地由森林（它本是猎杀发生的场所）所赠予，它是"手工做成的"（aus Händen），但也可以是"以手做成的"。更奇怪的是，戴着这项链走上绳索的"你"实际上已经死了，正是死亡本

---

① Del Caro, *The Early Poetry of Paul Celan*, 29.

身成了走钢丝的人。

这个由死亡所扮演的走钢丝的人揭示了策兰对尼采"走钢丝的人"之喻说的一个黑格尔式回应。在《查拉图斯特拉如是说》(1892)的开篇部分，智者查拉图斯特拉看到市场里走钢丝的人，于是借机论述人类的过渡特征："人乃横跨动物与超人之间的一根钢丝——一根深渊之上的绳子"(Der Mensch ist ein Seil, geknüpft zwischen Tier und Übermensch—ein Seil über einem Abgrunde)。① 查拉图斯特拉的预言随后应验，那个走钢丝的人被一个丑角从他背后超越，顿时焦虑起来，失去平衡，最终坠落身亡。尼采用此悲剧事件来阐发人类生存的困境："人类的存在如此陌异（unheimlich），终无意义：一个丑角就能成为他的厄运。"② 此处我们要为 unheimlich 一词逗留，它乃是策兰诗学、尼采哲学以及当代西方思想的一个关键词，不仅指"出离家园的""神秘的""陌生的"，以及它的英译 uncanny 通常显示的含义：一种毛骨悚然的、超自然的焦虑感——评论者们常把该特征归给策兰诗作。在尼采语境中我们首先看到的是，unheimlich 指向了人类走出自身本质、走向别样本质的能力。如果说尼采在超人（Übermensch）③ 这一种类中预见人类生存的新的可能性，那么策兰所预感的则是既陌异于生命、也陌异于死亡的一种可能性，它已经接近于生存的不可能性。人类既搁浅于尼采所哀悼的自我树立的偶像与自行招致的危险，它更被卷入策兰称之为的"陌异的时分"（einer fremden

---

① Friedrich Nietzsche, *Gesammelte Werke* (Köln: Anaconda, 2012), 368.
② Ibid.
③ 大卫（Nicholas Davey）提醒读者，"超人"（Superman）一词乃是对尼采 Übermensch 的不甚确切的翻译，因为在尼采看来，"超人"并非有超常能力，他不过是"一种从焦虑和罪责中解放出来的生命形式，只依赖于自身创造之价值"。详见 Nicholas Davey, Introduction, *Thus Spake Zarathustra*, by Friedrich Nietzsche (Ware: Wordsworth, 1997), ix - xxx.

Zeit),一个纯粹的矛盾的漩涡式时空,在那里只有对立面激荡,相互撕裂:"树枝上/喑哑之歌的毒热/窒息变黑"(In Ästen / staut sich Schwarz / die Schwüle sprachloser Lieder),"我的影子与你的尖叫搏斗"(Mein Schatten ringt mit deinem Schrei),"只有死亡/在闪烁"(Nur Sterben / sprüht),而上帝已变成"他自己的嚎叫"(Gott ist sein Heulen)(*GW* 6:37,54)。与尼采一样,策兰对于被钉死的基督教的上帝和他所应允的拯救多有反讽,然而策兰经由黑格尔的概念之思辨式分裂进一步极端化了尼采的人性观。可以说,策兰瓦解了浪漫主义(以及包括尼采在内的后浪漫主义)所设定的之于"绝对"的单义理解。如果上帝、神性、活力、生命以及任何大写的绝对都不再能为人性奠基,那么人类的存在从本质上看既无支撑也无保障。人类乃是离开根据的"深渊"式存在,这突显于"死亡"这一观念。

策兰早期诗作中,死亡不再是一个被生命所中介、限定并因此决定的观念,死亡被问题化,死者重复进入死亡的过程。与引领向最终神秘或重生的浪漫主义死亡观相区别,策兰剥离了死亡终结受难之生命的特权。在《法国之忆》("Erinnerung an Frankreich")一诗中,策兰唤起一幕幕超现实主义场景——在卖花姑娘那里买心,下着雨的房间,与"梦先生"(Monsieur Le Songe)玩牌输掉了眼睛的虹膜,然后他击倒"我们",夺门而出,带走了雨。最后,言说者见证了他自己死亡的时刻:"我们死去且能呼吸"(Wir waren tot und konnten atmen)(*GW* 1:28)。这个看似简单的句子在好几个层面上制造了理解的难度。首先,"我们已死"这述行语包含了其自身的不可能性,因为宣布自己的死亡无异于荒诞地宣布"我在说谎"。这两个句子都将辩证法推向荒谬的极端,颠覆了矛盾律。如果死亡被理解为存在者存在之终止,那么该诗的言说者被策兰赋予了一种奇怪的死后说话的能力,他能够叙述他如何在这场表面上轻快、实际上致命的游戏中输掉了至为内在的部分,一个人身上最不可能被剥夺的部分——"眼睛虹膜"(die Augensterne),其字面义为"眼里的星光",而此内部存在者的丧失是通过一个死者的声音得到叙述。策兰暗示,人的存在并不随死亡而终止,而是从异于"生命-死亡"这个对子的形态中获得某种在场。在《从门槛到门槛》的一首诗中,策兰将这种特殊的模式称为"死后存在"(Totsein)(GW 1: 110),它呼应了黑格尔"非存在"(Nichtsein)的观念,即包含着存在之全部规定性的否定,它并非纯粹的无,而是自有其"在",正如策兰诗中的死亡包含了存在者的规定性。①

"我们死去且能呼吸"这个矛盾的说法将我们带入概念上的绝境:"死亡"与"生命"的相互规定被破坏、侵蚀。读者当然可以将此处的死亡当成"濒临死亡"的一个特例,例如在意识的丧失中,灵魂(anima)退回到生命在生理与物理层面上的单纯呼吸活动。"我们死去且能呼吸"表明,这是一个"活死亡"的时刻。②死亡在其被反映的"异在存在"(Anderssein)到"自为存在"(Für-sich-sein)的概念旅行中分裂为两种类型:一是作为生命之决定的否定性对立面,另一种是此对立面在概念决定环节中的失败(缺失)。侵入概念的统一性后,策兰不仅破解了通向最终神秘与超越之道路的浪漫主义死亡观,同时也对黑格尔的死亡观做出

---

① Stanley Rosen, *The Idea of Hegel's Science of Logic* (Chicago: The University of Chicago Press), 95.
② 研究者李斯卡(Vivian Liska)将策兰作品中的"活死亡"追溯至卡夫卡的小说与断片。她认为在对卡夫卡的阅读中,打动策兰的尤其是那些"经历了类似死亡的事件之后又回到生活的特例,那些更为可怕的'生且如死'的中间状态"。详见 Vivian Liska, *When Kafka Says We: Uncommon Communities in German-Jewish Literature* (Bloomington: Indiana University Press, 2009), 177.

一个强有力的争辩，后者认为死亡乃在纯粹否定中彰显自身存在，例如《精神现象学》的著名段落：

> 但精神的生活并不是害怕死亡而幸免于灾难的生活，而是敢于承担死亡并在死亡中得以自存的生活。精神只有当它在绝对的支离破碎（absolute Zerrissenheit）中能保全自身时才赢得它的真实性。①

对黑格尔来说，死亡不过是将直接而具体的生命扬弃入概念式存在的连续过程，这个过程虽难以感知，在意识看来却是极为残酷的，因为它将自我持存的客体无穷无尽地分解为自身的废墟。然而在策兰这里，死亡既不是生命的解体，也非被精神之胜利决定的某样东西，毋宁说，策兰将死亡之客观性迫入一个无限倍增的过程，如他在一首早期诗中写道："刀叶闪亮：谁不在死亡之镜中逗留？"（Blank sind die Klingen: wer säumte im Tod nicht vor Spiegeln?）(GW 1: 21) 死亡进入拟象倍增的阶段，镜子如美杜莎的目光让生命永恒地停留于摹仿的时刻，但死亡对生命的摹仿，无论多么忠实，都仍是陌异的仿造，或者说，人对自身镜像的迷恋无异于对死亡的观摩。在早期的《整个生命》("Das Ganze Leben")一诗中，策兰更把死亡扬弃入一种自相矛盾的生命状态，一个长出白发的婴儿："死亡的太阳是白色的，如我们婴孩的头发"（Die Sonnen des Todes sind weiß wie das Haar unsres Kindes）(GW 1: 34)。

策兰在《子午线》手稿中强调，诗里任何东西都不再是自明

---

① Hegel, *Phänomenologie des Geistes*, 21；黑格尔：《精神现象学》（上卷），第24页。译文有改动。

的,唯有陌异之物构成"诗的视域",而荒诞之物则打开"通向另类存在的道路"。① 如果说尼采试图超越那总是受制于不可预测的悲惨命运的人性,那么策兰则从另一个方向即毕希纳小说《棱茨》(Lenz,1836)那里,探求对人的陌异命运的另外的表述。策兰认为,棱茨冒着极大危险踏出了"走出人性"(ein Hinaustreten aus dem Menschlichen)的一步,奇怪地进入了一个"朝向"人性的"陌异地带"(unheimlichen Bereich)"(GW 3:192)。策兰受尼采启发,认为艺术有必要与"太过人性"之物保持距离,但策兰实则并不认为艺术或诗应越过人性,以从本质上跃入酒神领域。策兰暗示艺术与人的命运最好在各自的陌异性中相互照面,这才是陌异之为陌异,一种相互映射的陌异性,即从另一个地带转向人性的可能,但要抵达这个地带必须首先"走出人性"或太过人性之物。于是悖论地,"走出人性的一步成为重新把握人性的特异方式"②。与艺术类似,诗要处理的恰是那些吸引并抗拒人类理知的东西——在《子午线》手稿的不同处,策兰称之为"某种对绝境(aporias)的追寻","存在与表象间的矛盾","符号与意义之间的深渊",以及"使之异化回真相"(Zur Wahrheit Zurück-Verfremdende)的黑格尔时刻。③ 在手稿某处,策兰明显以黑格尔的方式讨论主体的"扬弃",即让抒情主体的"我"消失入一种纯粹客观性,策兰问道:"主体的自我扬弃 = 在诗中可能吗?"④

哈马赫的阅读表明,早期策兰诗学大体上是在回应黑格尔的思辨环节,或他称之为的"颠倒的颠倒"(the inversion of inver-

---

① Celan, *The Meridian*, 119, 126.
② John E. Jackson, *Paul Celan: Contre-parole et absolu poétique* (Paris: Éditions Corti, 2013), 136.
③ Celan, *The Meridian*, 94, 93, 88.
④ Ibid., 205.

sion），而这种黑格尔辩证法式的二次颠倒，在哈马赫看来，未能抓住策兰矛头所向。① 实际上，与诺瓦利斯、荷尔德林、谢林、黑格尔等思辨地思考总体或浪漫主义之绝对的理论家有所不同，早期策兰致力于寻求将绝对之观念矛盾化的"超辩证法"，即将绝对之观念差异化以剥离绝对在思想活动中的统治地位。于是我们看到在早期诗中，策兰努力激化概念的对立面，将绝对（神圣、无限、永恒、至高者）揭示为动荡不安而非恒定不变的存在。对策兰来说，至高者，在其概念的扭形空间内已变得十分陌生且强大，不可以人性来衡量——哪怕它"朝向"人性。

在《保罗·策兰陌异的演讲词》一文中，德卡罗详细解读了策兰《子午线》里的"陌异之物"（das Unheimliche）。德卡罗认为与浪漫主义的陌异性例如恐惧、焦虑等内涵相差异，策兰诗作中的陌异性在犹太大屠杀的启示下还有另一层含义，即"暴露于敞开之物的恶心"。② 哲学地看，此陌异感一方面隐含着对黑格尔"绝对之物"的本能反应，另一方面也是对海德格尔作为意义给予之先行条件的"敞开域"（die Offenheit）的回应。德卡罗进而指出："诗的状态乃是对基础/根据（ground）的跨越，对界限的穿越，在前行中体验那敞开域，即陌异之物。"③ 在早期一首短诗《嫁接入眼》（"Aufs Auge gepfropft"）中，策兰写道：

眼睑辽阔，如天堂覆盖这春天。
天堂辽阔，如眼睑延伸。

---

① Hamacher, "The Second of Inversion," 224.
② Adrian Del Caro, "Paul Celan's Uncanny Speech", *Philosophy and Literature* 18. 2 (1994): 222.
③ Ibid., 227.

> Himmelweit spannt sich das Lid diesem Frühling.
> Lidweit dehnt sich der Himmel. (*GW* 1: 106)

唯有将德国浪漫主义和观念论哲学所共同追寻的无条件之物（至高者）吸纳入"去绝对化"的过程，从其内部分化它所承载的认识论内涵，策兰才能从根基上回应大写的绝对所引发的历史灾难——此绝对，如该诗所言的"天堂"，征服、扬弃、"覆盖"了其他的绝对而获得至高主权。对策兰来说，这无异于一场绝对者的"大屠杀"，当然"大屠杀"这个词应在黑格尔与德里达的双重意义上得到理解，意味着"在烧光一切中得到保持"："'烧光一切'将自身献为自为存在的燔祭……它献祭自身，却是为了存留，确保它的看护，严格将自身与自身相连，以成为自身，成为依靠自身的自为存在。"① 大写的"绝对"在毁灭别的形而上学的"绝对"的同时，也在自身之内保持这些曾经的绝对之物，然而策兰将这一自身相关的"保持"也毁坏了。如此，我们看到策兰早期诗作的出发点并非犹太教神秘主义或与海德格尔哲学的相遇——后者对策兰中、后期的影响已有大量评论，早期策兰更加针对（哪怕以无意识的方式）真理之陈述经由辩证法走向概念的同一/统一的自身破解，从而在"概念扭形"（即概念外观的扭曲和变形）的空间内开展差异于一般知性的陌异化意义给予。

---

① "[T]he all-burning offers itself as a holocaust to the for-(it)self ... It sacrifices itself, but only to remain, to insure its guarding, to bind itself to itself strictly, to become itself, for-(it)self, (close)-by-(it)self." See Jacques Derrida, *Cinders*, trans. Ned Lukacher (Lincoln: University of Nebraska Press, 1991), 46.

无限性的泡沫

策兰早期诗作的浪漫主义特征是显著的，对德国"浪漫主义之绝对"也有从哲学根基上的回应，然而策兰对于德国观念论中最高概念"无条件之物"的争辩与解构，使得他早期这些"自我鞭笞"的诗句不再能从浪漫主义之绝对这单一观念得到理解。观念论哲学中作为知识之奠基的浪漫主义之绝对在策兰这里变成了混乱之源，事物之间的有机纽带被置入激烈而陌异的可能性。观念论哲学意义上的"无限"——作为"绝对"的一个重要模式，"无限"在黑格尔那里已然是从有限者（物）出发的一股贯穿和突破自身的概念力量——在策兰诗中从概念上被部分地阻断，陷入无法产生自身关联和超越的困境。我们将看到，此困境正是灾难之诗从概念的基底上介入哲学之后产生的观念及其表象的深度纠缠，于是无论"绝对"还是"无限"，都呈现出不同于哲学之决定的面貌。在策兰这里，哲学真理（特别地，黑格尔辩证法）被迫走出其"在家状态"，进入诗学意象之陌异化过程。

从观念论的发展史来看，黑格尔继承了谢林和费希特的思辨哲学，试图以辩证法来解除康德《纯粹理性批判》（1781）中有限与无限的著名二律背反，也就是"先验理念的第一个矛盾"。黑格尔认为康德论证的问题在于，无限并不只是有限的单纯否定或对立——这是一种他称之为的"坏的无限"或"有限化的无限"（das verendlichte Unendliche），而"好的无限"或"真正的无限"（das wahrhafte Unendliche）须从有限者之概念的往返运动来把握。"真正的无限"其实就是有限者不断扬弃自身的过程，它并非单纯的毫无规定的超越行为，实际上，有限者只能在"无限"的视域之中才被当作（规定为）不断超越、溢出其自身的中介化过程，有限对自身的否定乃由无限之观念内在地包含。黑格尔在《逻辑学》（1832）"肯定的无限"这一节写道：

> 每一个都只是自身的扬弃，在扬弃中，对于自在之有和肯定的实有，它们没有一个可以比另一个有优先之处……有限性只是对自身的超越；所以有限性中包含无限性，包含自身的他物。同样，无限性也只是对有限性的超越，所以它本质上也包含它的他物，这样，它在它那里就是它自身的他物。无限物扬弃有限物，不是作为有限物以外现成的力量，而是有限物自己的无限性扬弃自身。①

黑格尔认为真正的无限发生于有限与无限的相互规定，它扬弃了一般知性难以捕捉的矛盾状态，而迫使有限与无限进入交替的过渡（der Übergang）②，也就是说，无限只能在与有限的关系中才成其为无限，离开有限，无限是不可理解的。一般知性看来恰恰不可思议的情形即有限会否定自身而走向无限，无限也会"超出自身而到有限里去"（das Unendliche aus sich heraus und zur

---

① Hegel，*Wissenschaft der Logik I*（Frankfurt am Main：Suhrkamp，1969），166；黑格尔：《逻辑学》（上卷），杨一之译，北京：商务印书馆，2016 年，第 145 页。

② Hegel，*Wissenschaft der Logik I*，166.

Endlichkeit komme),① 正是理性思辨层面上时刻发生着的实事。黑格尔的无限观念正奠定于"有限-无限"在概念上的不可分性；思辨地看，这种"不可分性"恰好构成"无限"之一般概念（diese Untrennbarkeit ist ihr Begriff）。② 有限与无限的"区分"实际上已内含于二者的统一，这区分并未将二者释放入独立的存在，相反如黑格尔所言，这区分仅仅"使它们成为统一性之中的观念物（ideelle）"③。如此，知性所设定的"有限-无限"的矛盾在更高的思辨的水平上被克服了。在其《黑格尔逻辑学之开端：从存在至无限》(2006)一书中，斯蒂凡·霍尔盖特（Stephen Houlgate）指出黑格尔语境下的无限与有限所具有的互为它者、相互界定的属性："无限与自身相统一的过程正是有限与自身相统一的过程，因为这两者同时也是自身的对立面。有限与无限实际上构成了'在它者中达到自身统一'这同一个过程"④。

在一种类似黑格尔思辨哲学的氛围中，策兰早期诗作特别着力于有限与无限之概念的诗化活动，试图从交替回环的辩证之思中开辟出一条解除乃至颠覆无限与自身绝对关系的道路。策兰尤其留意于观念之物（被思想当作真实且绝对的那些理念）在诗之中的可能状态。我们已看到，在"有限-无限"的黑格尔式交替中，有限者不可能不留痕迹地消失入虚无，因为有限者已内含了自身的它物即无限转化的可能。从有限物的消亡中必将诞生出某样别的东西来——正如从种子的消亡中诞生出农作物来，单粒种子固然是有限的，但在给定的生长条件下，从种子到植物的转化

---

① Hegel, *Wissenschaft der Logik I*, 168–169.
② Ibid., 170.
③ Ibid.
④ Stephen Houlgate, *The Opening of Hegel's Logic: From Being to Infinity* (West Lafayette, IN: Purdue University Press, 2005), 423.

过程却是无穷无尽的。霍尔盖特指出，黑格尔的"无限"在运作过程中对"有限"有所持留："有限之物不可能消失入虚无，因为从逻辑上来讲，纯粹的虚无并不存在。我们在《逻辑学》中看到，纯粹的虚无或否定直接消失在存在之中，并因此变成某个环节的被决定之物或直接的某物。一件有限物消失之后必然留下一个'否定'即存在的空缺，然而这空缺绝不是'虚无'或纯粹的否定，而是某物。"① 通过对虚无的构成性阐释，霍尔盖特表明黑格尔辩证法的基本态度：扬弃（有所保留地超越）而非单纯否定或直接销毁。

在策兰诗中，作为有限之扬弃的无限不仅呈现为黑格尔在《逻辑学》中批判的"量的无限"或"坏的无限"，同时它也被表象为有限者被毫无残余地吞食的过程。在此，无限被阻断了向着有限者的返回，从概念的圆环上抛投出去，发展为一种无所不包却无法渗透入有限存在的黑洞般的"无限"。如果说无限者在黑格尔哲学中可以喻作有限者之有限性无尽流溢的结果（"泡沫"），那么在策兰早期诗作中，无限者（绝对者、必然者）之无限则被揭示为有限者毫无痕迹地消失于其中的"深渊"。在早期诗集中的一首短诗《酒壶》（"Die Krüge"）里，策兰书写了从一切概念的对立中抽象出来的神圣者-无限者，它具备了浪漫主义哲学中至高者那吞没一切的力量：

　　　　在时间的宴桌上，
　　　　上帝的众酒壶在狂饮。
　　　　它们喝空了明眸和瞎的眼睛，

---

① Stephen Houlgate, *The Opening of Hegel's Logic：From Being to Infinity*, 395.

第二章 "绝对"的崩塌：早期策兰与后浪漫主义陌异

统治万物的影子之心，

凹陷的夜之颊。

它们是最强大的豪饮者；

它们深饮空无如饮完满

从不像我们这般翻涌泡沫。

An den langen Tischen der Zeit

zechen die Krüge Gottes.

Sie trinken die Augen der Sehenden leer und die Augen der Blinden,

die Herzen der waltenden Schatten,

die hohle Wange des Abends.

Sie sind die gewaltigsten Zecher:

sie führen das Leere zum Mund wie das Volle

und schäumen nicht über wie du oder ich. (*GW* 1: 56)

这首诗唤起了荷尔德林《面包与酒》（"Brod und Wein"）里诸神在群山之桌上的豪饮："喜宴大厅！高山之桌"（Festlicher Saal! ... und Tische die Berge）①，希腊之神的宴饮在荷尔德林诗中象征着人类文明之初神话般的至高福祉。策兰诗句中神的"宴饮"显得过度而不祥，然而更隐蔽地，该诗也回应了黑格尔在《精神现象学》结论处所引用的席勒诗《友谊》（"Die Freundschaft"）最后两行：

从这个精神王国的圣餐杯里

---

① Friedrich Hölderlin, *Selected Poems and Fragments*, trans. Michael Hamburger (London: Penguin, 1998), 152.

他的无限性给他翻涌起泡沫。

aus dem Kelche dieses Geisterreiches
schäumt ihm seine Unendlichkeit.①

黑格尔对席勒诗句的引用可谓用意颇深。席勒原诗并没有涉及思辨哲学，只描述了永恒者上帝的孤独，他虽喜悦于他的创造，却无法从中获得满足。然而出于哲学上的考虑，黑格尔有必要将永恒者的孤独即上帝的内在缺失状态进一步扬弃入绝对精神之"现实性、真理性和确定性"②。为此，黑格尔首先把席勒原诗中的"灵魂"（Seelen）改为"精神"（Geister），再删去原诗标点，更改原诗意义指向，以当代黑格尔研究者康梅（Rebecca Comay）的话说，黑格尔意在将席勒原诗"抹平过渡"入他自己的思辨哲学体系。③

黑格尔的自我认知、自我持存着的绝对精神将那些次一等的有限的众精神（Geister）聚合成存在的"泡沫"（Schäume），即绝对精神的偶然方面——有限者的历史。有趣的是，策兰诗中的有限者之存在并未"翻涌"（schäumen）成为无限，上帝并不在场，只有他的酒壶不断"痛饮"万物，而被酒壶"喝下"的还包括那些不具物性的东西，例如"凹陷的夜之颊"这个比喻。进一步看，被痛饮之物还包括一些抽象的哲学概念，例如"存在"与"虚无"这两个可追溯至前苏格拉底哲学的存在论术语——此对立面在黑

---

① Hegel, *Phänomenologie des Geistes*, 567.
② Ibid.
③ Rebecca Comay, "Hegel's Last Words: Mourning and Melancholia at the End of the *Phenomenology*," *The Ends of History: Questioning the Stakes of Historical Reason*, eds. Amy Swiffen and Joshua Nichols (New York: Routledge, 2013), 141-160.

第二章 "绝对"的崩塌：早期策兰与后浪漫主义陌异

格尔《逻辑学》里被扬弃为时间中的"生成"（Werden）①。

策兰这首有关时间之痛饮的诗立足于黑格尔的绝对精神向着自身发展的灾难性后果，此绝对精神既是纳赛尔所言的"浪漫主义之绝对"的理论顶峰，也是它的扬弃与消解。策兰的诗给出这样一种绝对：它毫无区别、毫无残余、不留痕迹地消化了一切概念的对立面，同时也吞没了一切统治权的代理，"统治万物的影子之心"（die Herzen der waltenden Schatten），也即一度作为历史主宰的人间君王。然而此神圣豪饮中最不可思议乃至绝对陌异之处，却在于并没有谁用这些罐子或酒壶喝酒，仿佛是酒壶自己在喝，而它们喝下的却是人类的洞察、知识与非知识。德卡罗无疑看到了这场豪饮的宇宙学意义："与饮者相分离的自行痛饮的酒壶这个意象指出了宇宙的随机耗散；这并不是一个有序的宇宙，而是意义织体上一个巨大的洞——万物都被吸入这个洞，这个洞却永不满溢。"②

德卡罗的评论虽有见地，实际上并没有触及策兰对浪漫主义之绝对（至高理念、精神、上帝以及引起广泛争议的知识之奠基）的深度瓦解。当我们细读这首诗，我们发现策兰以"酒壶"（Krüge）③ 代替了黑格尔的"圣杯"（Kelche），从而以哲学意涵（比如"水罐"作为海德格尔意义上的"物"，以其虚空为用）代替了基督教圣餐传统。黑格尔和策兰都注意到了"绝对"消化一切的特性，都以带着圣餐背景的"吃"、"喝"来象征精神对有限

---

① 参见黑格尔，《逻辑学》（上），第 70—99 页。
② Adrian Del Caro, *The Early Poetry of Paul Celan*, 149.
③ 通过阅读犹太神学家肖勒姆的著作，策兰对卡巴拉传统中"容器的破裂"（Shevirath Ha-Kelim）这一说法应很熟悉。"容器的破裂"乃是一个宇宙学事件，它决定了创世中有限的存在者作为原初神圣性的碎片，见 Gershom Scholem, *Major Trends in Jewish Mysticism* (New York: Schocken, 1995), 265-268.

物的吸取与吞食，也即扬弃运动本身。实际上，围着一张桌子痛饮这个场景在策兰早期诗中多次出现，例如他反复提到的"血的餐杯"(den Becher Blut)，"以酒壶敬上活生生的哀痛"(in Krügen kredentz die lebendige Schwermut)，"喝空桌上的酒壶"(leeren den Krug vom Tisch)，甚至"站立于杯酒间入眠"(geschlafen als stehend, inmitten der Kelche)等被迫饮下命运之苦杯的场景，均带有不同种程度的荒谬与强制（GW 1: 12, 21, 21, 25）。《岁月从你到我》("Die Jahre von Dir zu Mir")一诗中饥渴的"我们"，出于临近却未知的急迫，"大口痛饮空无和最终之物"(wir schlürfen ein Leeres und Letztes)（GW 1: 32）。对"空无"与"最终之物"的吞饮暗示着诗人对虚无与命运的非被动接纳——"虚无"得以脱离与"存在"的对立状态而纳入生命的滋养中。策兰"痛饮空无"的举动既颠覆了基督教圣餐仪式中超验的灵肉转换，也解除了"空无"在哲学上的无条件状态，使之对生命的构成起作用。

对"无"的吞饮（扬弃）正是策兰《酒壶》一诗的主要哲学面向。策兰对黑格尔至关重要的改写在最后两行，在黑格尔所引诗中，向外翻涌的无外乎上升到概念层面的精神之运动，它贯穿（而非淹没了）有限性——正如黑格尔在《精神现象学》结尾处宣称的那样，时间中的历史与科学，作为有限的精神形态的保存，"构成了绝对精神的回忆和墓地"，即绝对精神自我内化和牺牲的场所。[1] 绝对知识正是在不断向外翻涌的运动（保存-牺牲）中，也就是从自身之深渊不断往外涌现的过程中，才具备了无限性。海德格尔在对黑格尔的研究中认为，在绝对精神（绝对的知）面前发生的乃是有限的对象脱离了表象所要求的"对面而立"

---

[1] Hegel, *Phänomenologie des Geistes*, 567；黑格尔：《精神现象学》（下卷），贺麟、王玖兴译，北京：商务印书馆，2016年，第312页。

(Gegen-stand)的性质而变成了纯粹"涌现"(Ent-stand),该"涌现",如海德格尔所言,"如其所是地持立于自身之涌现以及绝对知识的历史"。① 如此,绝对知识指向了视域消解之后非对象化之物的涌现:"绝对地知道一物"就指不再以有限的对象性的方式来把握该物,绝对(absolute)即赦免、释放(absolve)、解除界限。齐泽克将绝对知识看作对我们"浸没其中的世界"这看不见的界限的抵达:

> 当我们抵达绝对知识的时候,我们并非"知晓了一切",而是抵达这样一个点,那里不再有任何外来参照可以让我们的位置变得相对——在绝对认知中,我们看不见任何外在界限,即看不见我们身处的世界之界限,而这个事实恰好见证了我们的局限,因为我们正浸没于该世界中,它的视域是我们无法觉知的。②

处于绝对知识观照下的个体意识,如策兰诗作所暗示的,会发现自己浸没于一个无任何外在参照系的世界。

黑格尔所描绘的精神的"向上"之无限翻涌,对应了那种将全体(das Ganze)当作认知内容的绝对知识,在策兰这里,知识却朝着相反方向运动:痛饮者(绝对的代理)源源不断地把存在与虚无一起护送(führen)入一张抽象的巨洞般的嘴。这是一种无限"向下"的运动,这些自行痛饮的酒壶丝毫没有像绝对精神或者绝对认知那样,从有限的精神王国(Geisterreiches)里往外泛起

---

① Martin Heidegger, *Hegel's Phenomenology of Spirit*, trans. Parvis Emad and Kenneth Maly (Indianapolis: Indiana University Press, 1994), 110.
② Slavoj Žižek, *Absolute Recoil: Towards A New Foundation of Dialectical Materialism* (London: Verso, 2015), 244.

无限性的泡沫,相反,那些不幸落入这些酒壶无底深渊的事物再也不能浮现上来。"从不像我们这般翻涌泡沫"(schäumen nicht über wie du oder ich),这句诗翻译成黑格尔术语,就是说神的酒壶不像我们这些有限之存在,在绝对精神中翻涌出无限性的泡沫以同时见证自身的虚无和此绝对精神。相反,在策兰所见证的这场盛大的宇宙宴饮中,无一物被超越并保留,而是被神圣的中介绝对而彻底地漏掉、否定掉。策兰的宇宙学漏斗的理论旨趣在于,它一方面重新开启了德国观念论以及浪漫主义哲学中"根据"(Grund)与"深渊"(Abgrund)之间的辩证关系,将二者置入新的运动模式,另一方面,如果说浪漫主义运动不过是一场史无前例的深入主体之"根据"或"深渊"的冒险,那么早期策兰诗作也使该哲学计划的后果复杂多变。

策兰虽然被"浪漫主义之绝对"这一观念深度吸引,但他的矛头所向却是浪漫主义绝对化的思考过程——对"根据"(第一原理)或"深渊"(该原理之缺失)的思辨探求。策兰将"绝对者"或"无条件者"所要求的思想过程差异化,以达到瓦解这些强大理念之统一性的目的。策兰远远没有拒绝那些旨在统一普遍性和特殊性的理论力量——虽然它们被黑格尔大写的"概念"或"理念"加冕后成为不可辩驳的绝对。相反,策兰致力于考察这些力量的形成与表象,揭示这些概念性力量内在的不可靠性。《酒壶》一诗确实颇具沙米冷(Antti Salminen)所称道的"深渊诗学",它象征了无尽腐蚀、吞噬着存在与虚无的时间之深渊。① 同时,这些

---

① 在其《向上坠落:策兰的深渊诗学》一文中,沙米冷将策兰"深渊"之理论起源追溯到海德格尔哲学和神秘主义,他认为"策兰的深渊不仅是一个比喻或者象征,它既是一个复杂的诗学结构,也是一个意象,一种文本实践"(224)。见 Antti Salminen, "Falling Upwards: Paul Celan's Poetics of the Abyss", *Partial Answers: Journal of Literature and the History of Ideas* 10. 2 (2012): 223-240.

酒壶也揭示了观念论哲学追寻的绝对者的内在矛盾,上帝被解除了基督教传统中精神之源这一设定,已变成一个可怕的感官主义者,以万物为代价,不顾一切地豪饮。

哈马赫无疑看到了策兰诗中的世界如何差别于黑格尔设想的单纯的"颠倒的世界":"[策兰的]颠倒的世界并非如黑格尔所言,是一个头顶倒立并以此为稳固之基的世界,而是一个持立于时间性深渊的世界,这个世界的存在方式让人无法抓牢它。"① "头顶倒立"的意象贯穿于策兰早期诗以及《子午线》演讲稿,然而这种"颠倒"并未构成一个可理知世界的"根据",相反,它突破了表象的因果律,从而变得既陌异于自身,又陌异于逻各斯或语言。哈马赫所提及的难以把握的"时间性深渊"开敞于策兰诗中陌异的时间进程,因为在策兰这里,无论时间还是永恒都不是绝对而抽象的先验形式,二者都被自身所包含的矛盾内在规定,二者都要"进入自身的深渊"。

诗集《罂粟与记忆》里另一首短诗《永恒》("Die Ewigkeit")又一次展开一个时间性深渊的世界。与《酒壶》一样,该诗让存在与时间皆充满陌异的变数:

> 夜树的皮,锈蚀中生出的刀子
> 向你低声细语那些名字、时间和心。

> Rinde des Nachtbaums, rostgeborene Messer
> flüstern dir zu die Namen, die Zeit und die Herzen. (*GW* 1: 68)

---

① Hamacher, "The Second of Inversion," 233.

此处,"树"这浪漫主义有机关联的意象,直接和另一个浪漫主义神秘与超越性的象征"夜晚"相连,树的生命力此时处于夜晚的荫蔽之下。希拉德认为,策兰早期作品中"树隐喻着一个已被毁灭的世界",因为在策兰写作这些诗的时候,德国人和罗马尼亚人已将策兰的故乡切诺维茨(Czernowitz)的犹太人"连根拔起"了。① 当然此处我们首先要从字面上来读,"夜树的皮"这个具体之物似乎并不唤起任何浪漫主义想象,只是显得陌生而抽象。策兰接着引入一个具有某种威胁性的物象,即在树皮上刻下名字、时间和心以作纪念的刀子——策兰在别处也悖论地提到过"挥舞幸福的刀子"(Er zückte das Messer des Glücks)(GW 1:34)。这刀子的荒谬之处在于,它并非一个使得锈蚀这化学过程得以发生的基质,倒是违反时间性地从锈蚀中诞生出来(rostgeborene:生于锈蚀)。联系该诗的标题《永恒》,这把在概念上自相矛盾且逆转时间的刀子实际上巧妙地揭示了永恒的本质:永恒并非线性时间的终结或打断,而是让事物持续处于非物化状态的可能性。以海德格尔引申黑格尔的话,可以说永恒变得"现实"(wirklich)的方式就是消解物之于主体的"对面而立"(Gegen-stand)的性质,让逆反时间进程之中的事物重新处于未被思想规定的状态。

策兰在《远颂》("Lob der Ferne")一诗中更为悖论地提到诸如"只有背叛我才是真。/我是我时,我就是你"(Abtrünnig erst bin ich treu. / Ich bin du, wenn ich ich bin),"在你眼睛的泉水里/一个绞死的人窒息了绳索"(Im Quell deiner Augen / erwürgt ein Gehenkter den Strang)(GW 1:33)等逆向时间关系。当然,这里的背叛与忠诚、我与你的关系典型地归属于辩证法,每一个都在其异在(它者)那里发现自身的真理。但下一句中绞死的人与绳

---

① Hillard, *Poetry as Individuality*, 34.

索之间的关系则不再能从辩证法得到理解。在"你眼睛的泉水"这片"迷误之海"(Irrsee)中,发生的乃是最意想不到的时间性逆反与迷误,绞死的人反过来窒息了那根杀死自己的绳子,从而以诗性正义纠正了历史暴力——虽然这"纠正"看上去实属荒谬,但正是这荒谬之物预示了诸如法国大革命中"恐怖统治"在随后的世界史中一次次重演。策兰暗示,只有在某种浸没性的表象的迷失中,即时序的灾难中,正义才有可能降临。在发表于 1949 年的散文诗《逆光》("Gegenlicht")中,策兰以同样的方式书写了正义之不可能性或其以时间性之深渊为条件的延宕:"人们关于正义的谈论是空的,直到最大的主力舰在一个溺死者的额头沉没。"(Man redet umsonst von Gerechtigkeit, solange das größte der Schlachtschiffe nicht an der Stirn eines Ertrunkenen zerschellt ist)(*GW* 3：163)

策兰诗中"陌异的时间"(fremden Zeit)让时间经历了自身的阵痛,一方面迫使概念分裂、逆转和矛盾化,同时也见证了时间之本质的陌异开展——它既不同于康德的先验直观形式,也与黑格尔语境下概念自身的辩证运动有所差异。策兰介入时间性的特异方式,乃是剥离时间之于创造与毁灭、合一与分殊的绝对权威,质疑了时间在形式上的恒久不变、相对于有限者却易流逝的双重性。同一于《远颂》《永恒》《酒壶》等有关时间与辩证法的诗作,策兰早期有名的《花冠》("Corona")一诗也延续了对浪漫主义哲学中时间作为知识条件这一论题的探讨。在这首诗里,策兰首先将时间具体化为一个被限定的季节(秋季),然后再将该季节转化为一头动物,它"从我的手里吃叶子",因为"我们是朋友"(Aus der Hand frißt der Herbst mir sein Blatt: wir sind Freunde)(*GW* 1：37)。秋季在浪漫主义中预示着衰落、忧郁和死亡,在这首诗里却被策兰赋予了动物性。秋天吃它自己的叶子,这已经足够奇异了,然而更为奇异的是秋天从"我的手里"吃叶子,仿佛言说者以时间的产物喂养时间。接下来两行诗里,策兰继续执行时间的"解绝对化":

> 我们从壳里剥出时间并教它行走:
> 时间又回到壳中。

> Wir schälen die Zeit aus den Nüssen und lehren sie gehn:
> die Zeit kehrt zurück in die Schale. (*GW* 1: 37)

诗人与秋季一起解放时间的这个意象,并不如德卡罗认为的那样,"令人熟悉"或"温暖"①,实际上该意象大胆挑战了康德的时空作为知识之先验形式的观念——浪漫主义者诸如诺瓦利斯和谢林大体上接受了这观念,并以永恒的观念与之平衡。然而策兰诗句引发了一个更为大胆的认识论问题:如果时间既不与永恒相对,也不遵循牛顿力学与现代物理学的诸多规定,情况又如何?

通过将时间想象为一个蹒跚学步的壳中造物,策兰暗示了时间的可变本质——也就是他在别处悖论地称之为的"可变的钥匙"(wechselndem Schlüssel) (*GW* 1: 112)。时间虽不断撩拨人类想象,被赋予各种定义,但本质上仍保持为陌异的存在。一方面,时间因其绝对的抽象和漠然无关而显得非人;另一方面,如诗人所暗示,时间的成长和完成却有可能依赖于人类。在这首诗的末尾,策兰发展出一套关于时间的思辨判断并暴露时间的条件性和它奇怪的"生成"(我们一般不把时间当作生成之物;相反,正是通过时间和在时间之中,才有存在与虚无的生成):

---

① Del Caro, *The Early Poetry of Paul Celan*, 93.

第二章 "绝对"的崩塌：早期策兰与后浪漫主义陌异

是他们知道的时候了！
是石头努力开花的时候了，
不安欲成为心之跳动。
是时间成为时间的时候了。
是时候了。

es ist Zeit, daß man weiß!
Es ist Zeit, daß der Stein sich zu blühen bequemt,
daß der Unrast ein Herz schlägt.
Es ist Zeit, das es Zeit wird.
Es ist Zeit. (*GW* 1：37)

费尔斯坦纳（John Felstiner）将策兰这首诗直接读作对里尔克《秋日》一诗的改写与争执："主啊：是时候了。夏日盛极一时"（Herr：es ist Zeit. Der Sommer was sehr gross）；费尔斯坦纳认为策兰的《花冠》在唤起《秋日》的同时也撤销了后者对基督教上帝的指涉。①通过重写里尔克的《秋日》，策兰不仅质疑了基督教的基于拯救与末世的时间观，而且将时间的整个形而上学基础即时间作为"生成"的先天形式置入疑问。策兰所吁请的时间是一个革命性的时刻，时间向着自身聚集的时刻，它为着自身的现实性、本真性以及解放而斗争。为实现这一点，策兰将时间的绝对先验形式卷入一场诗意冒险，否则时间会一直保持为一个既无生命、也无死亡的吞没一切的纯粹抽象形式。

在很多早期诗句里，策兰努力将表象从时间进程中剥离出来，

---

① Felstiner，*Paul Celan*，58.

使之进入可逆转的运动态，表象不再受制于矛盾律的惯常时空，而是在黑格尔式的"有限-无限"的交替状态中行进。在短诗《你变成这模样》（"So bist du den geworden"）里，诗人报告有某一处"泉水之地"（Brunnenland）——Brunnenland 也指该地到处都是泉眼，那里，水花与表象奇异地翻涌：

> 那水没有一张嘴喝过，没有
> 一个影子显出形体，
> 那里水花翻涌成映象
> 映象复似水花泡沫翻涌。

> wo kein Mund trinkt und keine
> Gestalt die Schatten säumt,
> wo Wasser quillt zum Scheine
> und Schein wie Wasser schäumt. (*GW* 1：59)

与《酒壶》一诗中神的酒壶对万物的痛饮相反，此处的泉水"没有一张嘴喝过"，而且那里的影子也都不具轮廓，无从辨别。这神秘之泉乃是一个亡灵的场所——费尔斯坦纳认为策兰这首诗写他母亲漂浮的亡灵，"她从泉眼里升起来，四处盘旋"[1]——然而这泉水之地也是一个物之对象性消解之后的纯粹的映象/表象/镜像游戏空间。策兰在诗中一再重复的 Schein（光辉、外观、表象、假象）这个词承载着相当丰富的哲学内涵，它并非单纯的闪光或假象，在黑格尔《逻辑学》中，Schein 是作为存在的一个环节出现的："映象（Schein）之有全在于有之被扬弃，在于有之虚无。有

---

[1] Felstiner, *Paul Celan*, 62.

在本质中便有了这种虚无,而在有之虚无之外,在本质以外,便没有映象。映象是作为否定物而建立的否定物。"① 作为本质的他者即否定物,映象并非实有,但也不是纯无,因它是本质自身的必要环节,然而在黑格尔这里,它注定要在本质的回归中被扬弃。

策兰这首诗表面上是写"你"(母亲的亡魂)在泉水之地的四处映现——哪怕这游戏最后意图的不过是遗忘(Du hast ein Spiel ersonnen, das will vergessen sein)(GW 1: 59),而考虑到早期策兰对幻觉与表象的探讨,例如《爱德格·热内与梦中之梦》一文中"我"在"深海之镜"破裂之后所见的内部世界之真实(GW 3: 155),此诗中水花与映象的交替翻涌实际上指向了实有的水翻涌成非实有的映象,而非实有的映象又如实有之水般翻涌的"有限-无限"之交替扬弃。"有限"不过是一种内在地包含了其虚无性的存在("水沫"与"映象"),其虚无或非实有规定了有限之为有限,但有限之物的翻涌却可以是"无限的"。实际上,策兰和黑格尔都以各自方式强调了这一点。关于此诗,希拉德提出一个有趣的非黑格尔式解读,他认为水与映象的"交织"(chiasm)表明个体性的存在(诗中的"你")必须依赖重复不断的表象之涌现:"映象(Schein)在诗里不断被重复,它于是就被个体化了,也就是说它获得了自身的时间和空间……因被赋予了生成、黑暗性、表象、遗忘、游戏等属性,这首诗的他者(你)只能作为泡沫(Schäumen)之映象掩饰下的某物而出现。"② 希拉德强调了映象与重复对策兰诗作之个别性(individuality)的构建,但他忽视了"泡沫"如何在策兰这里作为有限者之虚无性的一个符号而出现。

---

① 黑格尔:《逻辑学》(下卷),杨一之译,北京:商务印书馆,2016年,第10页。
② Hillard, *Poetry as Individuality*, 13-14.

时空中的事物以及我们人自身，作为有限的存在，不过是策兰《从大海里》（"Aus dem Meer"）一诗所隐喻的"永恒的泡沫"：

> 我们经过了太一与轻柔，
> 我们跃向深渊，
> 那里有人编织永恒的泡沫——
> 不是我们织的，
> 我们的双手并不自由。

> Wir haben begangen das Eine und Leise,
> wir schossen hinab in die Tiefe,
> aus der man der Ewigkeit Schaum spinnt-
> Wir haben ihn nicht gesponnen,
> wir hatten die Hände nicht frei. (*GW* 1: 93)

在"经过"（begangen 也指"做过"）了浪漫主义的"太一"或"整全"（Eine）以及神话般"轻柔"（Leise）之后，"我们"紧接着"跃向深渊"，此处向着大海深处的跃入暗示了对"浸没"这一举动的迫切要求。与内聚于本质的"一"和抚慰灵魂的"轻柔"相区别，"深海"对于潜入者来说无边界且危险，深海中有着不同于日常时间性的永恒之物的翻滚，只有在这脱离任何坚固基础的深海或深渊之中，我们才得以目睹该场景——"那里有人编织永恒的泡沫"。这一发现随后被纠正，言说者认识到这"永恒的泡沫"并非"我们"（有限者、初入深海者）所编织，而是由某个不具专名的更强大的人或力量隐蔽所为。"我们的双手并不自由"表明自由还未被给予我们。

回到前文的论述，我们发现这"永恒的泡沫"再一次回响着

第二章　"绝对"的崩塌：早期策兰与后浪漫主义陌异

黑格尔《精神现象学》中最后两句席勒诗："从这个精神王国的圣餐杯里/他的无限性给他翻涌起泡沫。"在泡沫的翻涌中，策兰的言说者得以进入"绝对"（永恒、一、深渊），并对此绝对进行概念上的转化，把它变成自身体验的一部分。换言之，策兰的言说者在深海中看到脱离概念自身等同性的"绝对"——它奇异地进入了形而下经验和历史领域，并在这些领域中得到重新决定。如果没有这个再决定过程，"绝对"就只能保持为感官和知识无法企及的"思辨的绝对"，并很有可能在其字面的"实现"中（例如在纳粹主义中），变成一场纯粹理性的灾难。

早期策兰诗作于是可读作与概念之"绝对"的一场争执。概念之所以在黑格尔那里变得绝对，恰在于它已经包含了部分或潜在的否定，概念本来就是一个否定物。进入这个否定性缺口的一个方式乃是对事态的"观入"（"思辨"无外乎就是"理智直观"），即意识到客体的非物化状态（即无条件的、未被像物一样决定的状态）。同黑格尔之后的哲学一样，策兰之后的诗学同样不可能再如现象学宣称的那样回到事物本身，因无一物在思辨中持住自身形体。如果我们不可以再回到事物自身，那么我们至少可以跃入概念与物之间的深渊，它已被黑格尔哲学先行照亮，后又被策兰诗作拓宽。早期策兰诗作的心力所向，乃是从形而上学的奠基中努力挣脱出来，力图解除思想加之于自身的规定。将策兰迫向对"浪漫主义之绝对"的理论破解的也许正是这样一股带着黑格尔辩证意味的冲力，它"无尽地言说着纯粹的终有一死与虚无"（diese Unendlichsprechung von lauter Sterblichkeit und Umsonst）（*GW* 3: 200）。

第三章

无人的影子：策兰的虚无话语

一场虚无
我们曾是,现在是,将来
也是,绽放着

——策兰《诗篇》

虚无的持立

策兰1959年出版的诗集《语言栅栏》（*Sprachgitter*）标志着其诗作内在于语言的不可逆的转向，以《死亡赋格》为高潮的后浪漫主义，即浪漫主义朝向绝对观念的反讽进展，被更加双重化、沉默化、抽空乃至硬化的言说代替。当策兰以黑格尔方式宣称"谁说出影子，就说出了真相"（Wahr spricht, wer Schatten spricht）（*GW* 1: 135）时，他已经将对事物实在性的揭示与对事物之映象、影子的揭示相关联。被影子中介的真相或真实一方面指向了黑格尔意义上表象在本质中的映现，另一方面，策兰所言的"影子"也指向了精神分析中真实域的非独一性，即事件的时间和场所都无法获得确定不移的指认，它具有德里达意义上不断回返的幽灵性——无法被历史学认领或扬弃的灾难之残余，而正是这被剥夺实体之物见证着毁灭的在场和虚无化的持续。

于是在《语言栅栏》中，我们多次听见介于空无与肉身之间的某种声音（Stimmen），它既是"岩屑之中"（im Grus）被埋葬的声音，也是陌异于任何救赎时刻的"晚来的窸窣"（ein Spätgeräusch），同时也成为"再一次地，无人的声音"（Niemandes Stimme, wieder）（*GW* 1: 147, 149, 187）。如果欧洲近现代史上多次反犹事件的前因后果无法被毫无遗漏地说出——"说出"① 意味着以语言定位灾难的历史性,让它得到理解的安顿——那么这些事件将在策兰发现的"子午线"上连同其异在一起被折射出来。这些不同历史阶段的异在或他者同样承受了绝对者的灾难化过程,如策兰在《子午线》演讲词里提到的毕希纳作品中的人物棱茨(Lenz)和露希尔(Lucile),都经历了某种不知从何而来的"无人的苦难",某个虚无侵袭的危急时刻。策兰诗学表明经由事件之阴影或声音之残余而来的对该事件的暗指或折射,比指认性的言说更能激荡灾难的众多回声。

策兰1959年的《语言栅栏》与1963年的《无人的玫瑰》奠定了其在战后德语诗界乃至世界诗歌史上无可争议的地位,而从《换气》(1967)开始,策兰进入以私人化语言为特征的晚期风格。② 策兰早期到中期的转变,对应于从《死亡赋格》中"死亡是来自德国的大师"到《密接和应》中"被送入/那地带/以确凿不移的痕迹"(Verbracht ins / Gelände / mit der untrüglichen Spur)(GW 1: 42, 197)的踪迹化过渡。随着不可穿透的命运的加深,策兰对战争、苦难、死亡等主题的白热化处理逐渐冷却为空无之眼看守下的四处摸索。惊异于"虚无的虚无化活动"③,一种抽空、简短且缄默的言说占据了策兰中后期诗作,虽其晚期诗里的虚无愈显

---

① 在1959年散文《山中会话》("Gespräch im Gebirg")中,策兰区分了"言说"(sprechen)与"言谈"(reden),前者接近大写的自然的语言(Sprache),以第三人称言说,"既不为我,也不为你"(nicht für dich und nicht für mich),且只对着"无人"(Niemand)言说,后者则指从"我"到"你"、以词语发音为基础的主体间交谈(见 GW 3: 169 - 73.)。
② Michael Hamburger, Introduction, *Paul Celan: Poems*, trans. Michael Hamburger (New York: Persea, 1980), 15.
③ 该说法源于海德格尔对"虚无"的动名词化用法: das Nichten des Nichts。详见 Martin Heidegger, *Wegmarken* (Frankfurt am Main: Klostermann, 2013), 115.

骚动不安，如 1968 年诗集《线太阳群》中提及的"在无处被咬过的伤痕/你也得奋战它/就在此地"（Die Spur Eines Bisses im Nirgends. / Auch sie / mußt du bekämpfen, / von hier aus）（GW 2：117），以及 1970 年诗集《光之逼迫》里策兰坦承的"被虚无穿透并奠定"（durchgründet vom Nichts）（GW 2：328），等等。

策兰很早就已倾心于虚无的形而上学——虚无的痕迹实际贯穿了从《罂粟与记忆》（1952）至《时间庄园》（1976）的整个创作阶段，但他从神学—哲学根基上与之展开较量应是从 20 世纪 50 年代后期，此时他在法国稍获安顿，开始了一场与影子般的他者的漫长而艰辛的对话。策兰的言说者与这些近乎"无"的匿名他者（有时是不可见的时间本身）之间，仍存有想象的距离；无论与某个时空中被限定的他者还是与作为无限他者的上帝的对话，对诗人来说，都成了一场绝望的对话（verzweifeltes Gespräch）（GW 3：198）。如何诗化无人（Niemand）与虚无（das Nichts）这两个观念的构成性活动，从而立身于二战后德国—犹太这一不可能的接缝（同时也在某种程度上抵抗无处不在的虚无主义、新纳粹主义），这构成策兰《语言栅栏》之后诗学的主要理论面向。

策兰对虚无之虚无化活动的关注已经出现在他第二本公开出版的诗集《从门槛到门槛》（1955）中。在《带着可变的钥匙》（"Mit wechselndem Schlüssell"）一诗中，策兰曾提到一把"可变的钥匙"，它有特殊权能打开一间屋子，里面飘荡着缄默或隐瞒之物的雪花（Schnee des Verschwiegenen），这些漫天飞舞的无言之物依靠那四处推撞"你"的风，形成一个以词语为内核的雪球（ballt um das Wort sich der Schnee）（GW 1：112）。此处策兰回应了歌德关于自然之物或无言之物向着诗人聚集的说法："当诗人纯粹的手汲取/水自行聚集"（Schöpft des Dichters reine Hand, /

Wasser wird sich ballen)。① 在诗歌语言之原初纯朴性的吸引下，本来无形的水自行结集甚至聚成一个球（sich ballen）以回应纯粹词语。歌德认为诗始于元素般的词语从语言的沉睡中被唤醒后在自然力的驱使下获得形体，诗即虚无的形构——无形之物（水）在对无（词语）的回应中成为被限定的某物（形态）。歌德眼中的诗人是浮士德式的，他就是那只唤出大地元素和精神形体的手，这些不可见的力从常人那里逃逸，却听命于诗人。策兰诗中的"缄默之雪"（Schnee des Verschwiegenen）也在语言的干预下聚集，然而无论怎样选择或变换词语，策兰告诉我们，其前提都是自"你"的眼睛、嘴巴或耳朵中喷射出的血（Je nach dem Blut, das dir quillt / aus Aug oder Mund oder Ohr / wechselt dein Schlüssel）(GW 1：112)。歌德视野中召唤绝对语言权能的浪漫主义诗人，在策兰这里则变成一个变换着词语要去打开缄默之屋的人——一个真相的开启者。策兰也许同意诗是对自然元素的强力吸引这一说法，但诗人的手在奥斯维辛之后显然不再纯粹（策兰对 reine 这个词心有余悸）。幸存者凭借词语闯入的并非一个奇迹般的力的场所，而是一个被抹除内容的空无化的记忆空间。②

在《语言栅栏》的一首无题诗里，策兰同样进入一个空无化空间，在其中存在者的生存内涵被抹除："世界于空白钟点/向我们走来"（Die Welt, zu uns / in die leere Stunde getreten）(GW 1：190)。"空白钟点"不仅挖空了海德格尔存在论中绽出的时间性，

---

① 引自 Hans-Georg Gadamer, *Wer bin Ich und wer bist Du？：Ein Kommentar zur Paul Celans Atemkristall* (Frankfurt am Main：Suhrkamp, 1973), 9.
② Hermann Burger, *Paul Celan：Auf der Suche nach der verlorenen Sprache* (Frankfurt am Main：Fischer, 2015), 81.

同时也空白化了一般意义上的时间之于记忆与历史的作用。① 策兰似乎想说，恰在时间空白且均匀的延展中，在无物被允诺、无物显示、无筹划的空虚时分，作为意蕴结构整体的世界才向我们走来，哪怕这个世界所包含的，如该诗后文所述，不过是两棵没有节瘤且不分叉的黑色树干，以及一片"自由/站立"（frei- / stehende）的苞叶。策兰的世界并非无物，此刻它只是无现成与上手之物，除了这无分支的树和叶子，它的确接近空无/荒芜。该诗末尾，策兰宣布自己也如这黑树干和苞叶一样站立于这荒芜之所："我们也在此，在空无中/靠着旗帜站立"（Auch wir hier, im Leeren, / stehn bei den Fahnen）（GW 1：190）。② 策兰对空无的使用与其说表达了某种类型的虚无主义，不如说是将空无本身建立为主体在其中产生决断的条件。空无之中的站立正是一个面向未来的决断时刻，但该决断因在空无中做出而显得无所依恃、难以奠基。

　　策兰诗之虚无/空无于是呈现这样一种状态：对无的欲望（同时也是表象这无、使之彰显的欲望）与虚无自身的拒予相遭遇，结果诗人同虚无形成一个相互对峙的格局。策兰诗之虚无并未如虚无主义宣称的那样关闭或颠倒价值等级——虚无有其无法清除的开放向度。此处我们看到，与尼采不一样，策兰没有企图重估

---

① 在《带着信和钟》（"Mit Brief und Uhr"）一诗中，策兰也提到时间的空白化，或者一种被放弃/撤离的时间性："钟的蜂巢被清空了时间，/上千只蜜蜂/准备上路"（Zeitleer die Waben der Uhr, / bräutlich das Immentausend, / reisebereit）（GW 1：154）。

② 《圣经·旧约》里，在山头扎旗一般指战争状态下军队聚集或神召唤众国帮助以色列人重返家园。策兰于虚无中的站姿唤起了《旧约》里犹太人所承受的离散命运，他们不得不在邻近各邦甚至帝国（巴比伦、亚述、波斯、埃及）的威胁下求生存。例如《以赛亚书》5章26节："他必竖立大旗，招远方的国民"；13章2节："应在光秃的山竖立大旗，向众人扬声招手"；《耶利米书》51章27节："要在境内竖立大旗，在各国中吹角，使列国预备攻击巴比伦。"

最高价值,相反,策兰以陌异化而非形式主义陌生化的方式迫使关于虚无/空无的"思想图像"("世界于空白钟点/向我们走来")挣脱既有的哲学-神学图示,使其恒久变化于诗意书写。实际上,策兰在中后期诗中发展出一整套关于"无"的悖论:正是奠基着此在却自身不可奠基的"无"在抵抗着人性的毁灭,即虚无主义对意义/价值的清空。在策兰这里,虚无之拒绝总体化恰使绝对的无变得不可能了,总有什么东西发生或持立其中,"无"中总有某样东西前来照面以使得意义敞开。

策兰在1963年诗集《无人的玫瑰》里进一步测试"无"对语言的反向压力,此时策兰全面进入语言的否定领域,各类否定词纷纷现身,几乎每一首中都能找到某种程度的否定以及关于空无的意象。这一方面表明策兰在战后拒绝与新世界和解(哥尔事件、反犹主义),然而这深刻的否定姿态恐怕也与策兰切肤体认的形而上虚无有关,它以黑格尔辩证法方式渗透、硬化入诗意语言各个层面。在《刺穿之点》("À La Pointe Acérée")一诗中,策兰写道:"未写下的,硬化入/语言,裸露出/一个天空"(Ungeschriebenes, zu / Sprache verhärtet, legt / einen Himmel frei)(GW 1: 251),诗人感到了未写下之物对语言形成的反向迫力。"未写下"(Ungeschriebenes)一词指向纳粹首领希莱姆(Heinrich Himmler)那句著名的话:对犹太人的灭绝是"未写下、永不可写下的光辉的一页"[1]。"未写下的,硬化入/语言"这一进程提示大屠杀幸存者面临的否定的言说绝境——某种菲尔德曼(David Feldman)称之为的"以有为无""以无为有"的双重性,某物与无物

---

[1] 引自 Kligerman, *Sites of the Uncanny*, 33.

相互交换替代,"有"与"无"在瞬间替换。① 策兰的未写之物并非一个毫不重要的被语言拒绝之物,它不仅对语言施加一个向下压力令其硬化结晶,也向上释放出一种自由言说的可能("裸露出/一个天空")。这未写之物的"无性"如一股不可见却强大的自然力,对策兰诗作起着模具般的反向塑造作用。正是通过揭示语言中不断沉积着的未写/无化之物,"无"的否定性才能在语言隐形之力的运作中截获一个诗意形象。

策兰《穿刺之点》一诗的标题借自波德莱尔《艺术家的忏悔》("Le Confiteor de L'Artiste")里的句子:"没有什么点比无限之点更尖"(et il n'est pas de pointe plus acérée que celle de l'Infini)。② 这无限尖锐的穿刺之点的寓意在于,它是一种主动与被动、形式与内容的叠加,既是从哲学、神学上穿刺万物的那个点,也是被万物穿透的无限容纳之点,这近乎于无的无限之点无异于无限者在万物中穿行过的黑格尔式痕迹。哈马赫认为,正是通过这无限的穿刺之点,策兰的未写之物才能收缩并进入文本:"书写使得空白收缩。无限的空无(infinite emptiness)在语言中形成结晶并发挥效果,正是在语言中且通过语言,它才成为释放与裸露的间歇性运动。"③ 词语被策兰当作一些穿刺之点,透过这些点,无边的未写之物才能进入文本,也就是说,诗执行着那近乎"无"的未写下之物的要求。

语言,在策兰这里,被不言之物包围,多余的言说堆砌在沉

---

① Daniel Feldman, "Writing Nothing: Negation and Subjectivity in the Holocaust Poetry of Paul Celan and Dan Pagis," *Comparative Literature* 66. 4 (2014): 441.
② Charles Baudelaire, *Selected Poems*, trans. Carol Clark (London: Penguin, 1995), 192.
③ Hamacher, *The Second of Inversion*, 254.

默周围。但策兰并非不言,他企图将这不言状态所否定、无化的东西带入在场。如果没有词语或者提示人类活动的响动,沉默与虚无都不能被表达,而诗人为之所沉默之事也无从探问。"无"必须发出回响才能被探测,或者说,声响或词语的安排本身就是虚无的形构。"诗人想探测沉默,却只能经由相反的方式,即词语。"① 为探求沉默之深度,如策兰在《花》("Blume")一诗里所说,诗人唯有"舀空黑暗"(schöpften die Finsternis leer)②,哪怕他寻到的乃是一个孕育于这黑暗却绽放如花的"盲词"(ein Blindenwort)(*GW* 1: 164)。类似于打开沉默之屋的可变的词,策兰的"盲词"乃是一个具有生长力、触觉和自身意识的词,它的盲性只是人类视觉而非一般感光性的缺乏,如该诗后文所述,它其实就是攀向夏天的"花"这个词,正是这个被剥夺视觉却向着光线攀登的词宣告了黑暗之虚无中自由生长的可能。③

策兰研究者对其中期诗集《语言栅栏》和《无人的玫瑰》之虚无性的阐释,一般着眼于它与犹太教神秘主义及海德格尔哲学的双重关系,例如著名的《诗篇》("Psalm")一诗中"无人再以泥土与黏土捏制我们/无人为我们的尘埃施咒/无人"(Niemand knetet uns wieder aus Erde und Lehm,/ niemand bespricht unseren

---

① Corbet Stewart, "Paul Celan's Modes of Silence: Some Observations on 'Sprachgitter'," *The Modern Language Review* 67. 1 (1972): 129.
② 德语动词 schöpfen 意为"舀水""汲水",与 Schöpfer"神"、Schöpfung"创世"有直接关联。"舀空黑暗"同时也指"以创造清空黑暗"。此处策兰显然引用路德版《圣经》(1 Mose 1: 4, 5; *Luther Bibel*)之"Da schied Gott das Licht von der Finsternis und nannte das Licht Tag und die Finsternis Nacht"(神看光是好的,就把光暗分开了。神称光为昼,称暗为夜)。
③ 有论者认为策兰该诗的"盲词"开展出一个"不可见的世界",它乃是"一个深埋那隐藏却可领会的复写文本的词,一个让整首诗得以展开、让意义不断累积沉淀的不可见的诗意胚芽",见 Kim Su Rasmussen, "The Inconclusive Text: On Paul Celan's 'Blume'," *Seminar: A Journal of Germanic Studies* 51. 3 (2015): 219.

Staub. / Niemand），唤出犹太人的神以及离散而居的无生存保障的犹太民族。策兰写道："赞美你啊，无人。/为了你，我们/愿意开花。/向着/你。"（Gelobt seist du, Niemand. / Dir zulieb wollen / wir blühn. / Dir / entgegen）（*GW* 1: 225）这朝向无人的赞美与祝福、在空无一人的地方去赞美以至于赞美这空无本身，足以构成一次德里达称之为的"信仰的行动"。① 犹太教里，"无人"指的正是那创伤性的缺无的上帝："无人就是那直面虚无的民族的上帝，这民族未曾拥有、也不会拥有一个决定其存在之本质的超验的基底。"② 从这超验基底之缺失、深渊、裂隙显现出的恰是作为神的最高属性的虚无，例如流行于 13 世纪的秘教卡巴拉认为的至高的虚无（ayin），其象征为王冠（Keter），是从无分别的神的内在无限性（Ein Sof）中流溢出的第一个有所分别的创造的虚无，它是一切存在者的生成之源，而与此无的合一（成为原始之无）正是神秘主义者的终极渴望。③

另一方面，在非宗教领域，策兰诗中的虚无唤起海德格尔基础存在论中此在（Dasein）之亏欠与奠基于虚无，这已是被广泛接受的一个论点："此在绝不可能回撤到自身存在的身后，它只能借抛投这一行为向前展开。此在就以这一方式成为自身之基底，

---

① Jacques Derrida, *Sovereignties in Question*: *The Poetics of Paul Celan*, eds. Thomas Dutoit and Outi Pasanen (New York: Fordham University Press, 2005), 42.
② Tobias, *The Discourse of Nature*, 103.
③ Joseph Dan, "Paradox of Nothingness in the Kabbalah," in *Argumentum e Silentio*: *International Paul Celan Symposium*, ed. Amy D. Colin (Berlin: Walter de Gruyter, 1987), 359 - 363; Elliot R. Wolfson, "Nihilating Non-ground and the Temporal Sway of Becoming: Kabbalistically Envisioning Nothing Beyond Nothing", *Angelaki*: *Journal of the Theoretical Humanities* 17. 3 (2012): 31 - 32.

它自身即是无，而正是这无授权并奠定了它。"① 在策兰与海德格尔虚无论之比较中，沙米冷（Antti Salminen）认为策兰中后期诗作中的无，因具有生长、转化、引致、创造等效用，不再是"有"的单纯对立。② 无既非"有"的否定，也不表示某种源初缺乏，根据海德格尔对虚无的动词化阐释即"虚无在虚无化"（Nichts nichtet），正是虚无的活动揭示了存在者整体，"无"乃是通向本真此在的道路，未遭遇虚无的人是不可能领会存在要义的，这"无"在萨特那里引发了恶心，在海德格尔那里则生出畏。③ 相较而言，策兰诗的虚无之用在于它为诗的生存（以及生长）开辟空位，使诗行得以在时空中展开。就策兰与虚无的关系，大可借用沃夫逊（Elliot R. Wolfson）谈论维特根斯坦与卡巴拉教义时使用的"不说"（not-speaking）和"说不"（speaking-not）的区别——关于虚无，策兰似乎意在"说不"而不是"不说"。④

策兰中后期诗作正是在与西方哲学和犹太—基督教神学宣称的超越之根据与此根据之缺无的理论—思辨关系中获得一个恰当定位。在此，首要的是不可将虚无当作存在的否定概念，虚无，无论是否作为存在之意义的缺失，在哲学与神学上都不是一个可以概念地把握的东西。黑格尔虽将"无"纳入与"有"的辩证关系中，这并不意味着"无"在黑格尔那里得到了某种规定而变得与"有"对立："无与纯有是同一的规定，或不如说是同一的无规

---

① Tobias, *The Discourse of Nature*, 104.
② Antti Salminen, "Meridian Zero: Nothings of Celan and Heidegger Compared," *Angelaki*: *Journal of the Theoretical Humanities* 17. 3 (2012): 79.
③ Antti Salminen and Sami Sjöberg, "All for Nothing," *Angelaki*: *Journal of the Theoretical Humanities* 17. 3 (2012): 4.
④ Wolfson, "Nihilating Nonground and the Temporal Sway of Becoming," 31.

定,因而一般来说,无与纯有是同一的东西。"① 虚无可被哲学或神学地思考,却抗拒着外在的规定——黑格尔哲学中,规定(bestimmen)正是将一物决定为与它物相对的具有边界的某物,这与虚无的无边界相矛盾。然而这并不是说虚无不可说或在概念上不可区分,无(das Nichts)与空间位置或集合意义上的空(das Leere)仍是有差别的:空是可能被占据的一个场所,具有意义的开放性,这与无对意义的关闭不一样,当涵扩并无化一切的无(Nichts)发展成虚无主义(nihilism),作为纯粹敞开的空之空位就会被无意义占据,此时任何意义都不再可能生成。②

阅读策兰中晚期作品时,哲学与宗教意象常交错于这个"无",它既可读作犹太—基督教的神掏空世内意义以将超越意义归于自身,也可读作相反的东西,即虚无主义清除掉神性以及一切最高价值后留下的那个空位。策兰既强调"无"本身的持存,也启示人类如何能持存于这一持存,也即在"无"中持立。策兰诗句"我们也在此,在空无中/靠着旗帜站立"形象化了海德格尔奠定的虚无:"如没有虚无的源始敞开(ursprüngliche Offenbarkeit),就没有自身存有(Selbstsein),也没有自由(Freiheit)。"③ 虚无,在海德格尔看来,并非否定或销毁现成存在,而是源始地给出自由的可能性,它开放出人对万物的惊讶。在一条关于无的笔记里,海德格尔猜度:"无可能与有一同源始。"④ "虚无的虚无化活动"首先并不是某个存在物的否定,它呼吁原始的敞开或空间开辟,

---

① 黑格尔:《逻辑学》(上卷),杨一之译,北京:商务印书馆,2016 年,第 70 页。
② Sami Sjöberg, "Not Yet: Three Modern Jewish Meontologies," *Angelaki*: *Journal of the Theoretical Humanities* 17.3 (2012): 55-63.
③ Heidegger, *Wegmarken*, 115.
④ Martin Heidegger, *The Event*, trans. Richard Rojcewicz (Indianapolis: Indiana University Press, 2013), 113.

也正在此意义上，虚无奠定了时空中的自由，正如策兰诗中的见证者（"我们"）作为尚且自由的标志持立于空无。进一步看，策兰诗里的空无并不对应任何一个场所，在被抹除具体所指后变成一个凭空而立的背景，使无处成为遍处。如旗帜一样持立于世界之空无化的灾难之后的"我们"，无论是否是犹太人，都担当着在历史的空白化中向着自由站立这一绝对的伦理要求。①

在诗集《无人的玫瑰》之《曼多拉》（"Mandorla"）一诗中，策兰又回到这看似不可能的虚无中的持立，不仅如此，更为悖谬地，策兰让虚无本身也站立起来。"在杏仁里——什么站在杏仁里？/那虚无"（In der Mandel-was steht in der Mandel? / Das Nichts）（*GW* 1：244）。德语里 Mandorla 指环绕耶稣或圣母玛利亚头像的椭圆灵光以及信徒随身携带的椭圆圣像，一个神圣表象的框架。哲学与神学上至高的虚无以定冠词的某物现身，像耶稣一样站立于灵光闪耀的杏仁状曼多拉。杏仁（Mandel）作为犹太人的提喻，如策兰在别处提到的"亡者的杏仁眼"（das Mandelauge des Toten）（*GW* 1：121），同时也暗指受斯大林迫害的俄国犹太诗人曼德尔斯塔姆（Osip Mandelstam, 1891—1939），策兰于1958至1959年间翻译出版曼德尔斯塔姆诗选。在诗选简介里，策兰借用雅各布森（Roman Jakobson）的说法，称曼德尔斯塔姆、古米廖夫、赫列勃尼科夫、马雅科夫斯基、叶赛林、茨维塔耶娃为被他们的时代"浪费"（vergeudet）的诗人，而且这浪费或损毁在二战后未得到足够反思（*GW* 5：623）。策兰认为曼德尔斯塔姆诗开辟了一个场所，使那些在语言中能被感知与触及之物前来环绕，获得"形体与真实"（Gestalt und Wahrheit），也正是在这语言的核

---

① 就策兰诗中站立（stehen）这一姿势的伦理内涵，见 Marko Pajević, "The Stance in the Poetics of Paul Celan", *German Life and Letters* 54. 4 (2001)：345-351.

心地带，诗人能够以个人此在"挑战他自己与世界的时间、他的心跳以及时代"（GW 5：623）。① 从曼德尔斯塔姆和他那一代被损毁以及自毁（例如马雅科夫斯基）的诗人身上，策兰看到了与纳粹主义类似的绝对化意识对个人创造精神的清空，而这种对身处时代的追问精神，也成为策兰翻译"从一个被毁之人的毁灭中走向白昼的诗"的意义所在。②

《曼多拉》同样可读作一首从毁灭或空无化之中走出来的诗，它变幻地表象着虚无。这持立着的虚无一方面空无化了基督教里神圣的表象之物，使表象本身出现合法化危机（犹太教直接禁止了神圣表象），另一方面它也颠倒了海德格尔在《何谓形而上学？》（1929）一文里提到的"在虚无中持立"（Hineingehaltenheit in das Nichts）这一姿势。③ 虚无这一源始范畴被给予形象与真实后，成为策兰在评论自己的曼德尔斯塔姆译文时所称的现成存在（Vorhandensein），④ 一种随时可以上手的在场。策兰诗里的虚无虽然没有如工具般直接上手，但被犹太人的杏仁眼目击后，它已被客体化并与空的表象框架重叠。这不仅指向研究者布哈南（Kurt Buhanan）阅读本诗时，提出的"空无的出现"作为一个显

---

① Wie bei kaum … ist bei Ossip Mandelstam das Gedicht der Ort, wo das über die Sprache Wahrnehmbare und Erreichbare um jene Mitte versammelt wird, von der her es Gestalt und Wahrheit gewinnt: um das die Stunde, die eigene und die der Welt, den Herzschlag und den Äon befragende Dasein dises Einzelnen. (GW 5：623)
② das aus seinem Untergang wieder zutage tretende Gedicht eines Untergegangenen. (GW 5：623)
③ Heidegger, *Wegmarken*, 115.
④ John Felstiner, *Paul Celan: Eine Biographie*, trans. Holger Fliessbach (München: C. H. Beck, 2014), 183.

现之事件乃至虚空本身的揭露,① 这被看见的虚无同时也剥离了"无"这一观念于哲学与神学的形而上不可见地位。因为在第二诗节中,策兰又把一个抹除了具体所指的"国王"放入该虚无:"在虚无里——谁站在那里?/那国王"(Im Nichts—wer steht da? / Der König)(GW 1: 244)。至此,该诗形成一个"杏仁—虚无—国王"的三重表象结构:国王的显现把虚无压入背景,正如虚无的显现以杏仁眼为背景。

接下来策兰需要定位作为幸存者或见证者的"你的眼"的位置,它看到的恰好是这表象结构之全体:杏仁(犹太人、作为成像器官的眼睛)、虚无(无意义、无价值)以及国王(神性、基督、王权)。"你的眼"看到的是整个人类(而不仅仅是犹太人)与虚无碰面时的尴尬,一种缄默的面面相觑:

还有你的眼——你的眼站立向何处?
你的眼站在杏仁对面。
你的眼,它面对(/反对)着虚无站立。
它朝向国王站立。

Und dein Aug—wohin steht dein Auge?
Dein Aug steht der Mandel entgegen.
Dein Aug, dem Nichts stehts entgegen.
Es steht zum König. (GW 1: 244)

---

① Kurt Buhanan, "A-voiding Representation: *Eräugnis* and Inscription in Celan", *Semiotica*: *Journal of the International Association for Semiotic Studies* 213 (2016): 1-23.

目击者诗人的眼既站在杏仁对面，同时也与虚无对立（此处策兰游戏了德语介词 entgegen，它有"朝向"和"反对"的双重含义），这意味着诗人凝视这神圣表象的曼多拉时，已看到虚无在其中发挥的重要作用——它中介着一切神圣表象并时刻准备移除放置其中的形象。诗人看到的恰是积极的虚无作为表象活动的一个关键层面持存，或借海德格尔术语，诗人目击了虚无之虚无化活动 (das Nichten des Nichts)，即世界整体意义的脱落，然而，这生存与意义之基的缺无反而激发诗人有勇气要去"反对着虚无站立"，结果则是对"国王"（人的至高尊严）的认可。①

然而戏剧化的是，最后两句诗"人类的卷发，永不变灰。/空的杏仁，国王般蓝"（Menschenlocke, wirst nicht grau. / Leere Mandel, königsblau）又清除了杏仁眼中的所有内容，使虚无在获得一次表象后重又消失，成为一个涌现-消失的游戏。"人类的卷发，永不变灰"重复前句"犹太人的卷发，永不变灰"(Judenlocke, wirst nicht grau)，表明人类整体上承受着犹太人命运。此处策兰所言的"犹太人的卷发，永不变灰"呼应了他早期的一首诗："我母亲的头发永不变白"(Meiner Mutter Haar ward nimmer weiß) (GW 1: 19)，于是受害者形象被固定下来，成为一

---

① 杨茨 (Marlies Janz) 将策兰诗集《无人的玫瑰》读作对人之尊严的呼吁，这体现在策兰的"皇冠"/"花冠"(Krone)、"国王"(König)、"王者血统"(Königblut) 等带有保皇倾向的比喻上。比如杨茨在评论《诗篇》里"紫红之词"(Purpurwort) 时指出这个词结合了象征皇族的紫色与人类受难的血色，进而表达人类的痛苦、受难以及人之尊严的毁灭，详见 Marlies Janz, *Vom Engagement absoluter Poesie: Zur Lyrik und Ästhetik Paul Celans* (Frankfurt am Main: Syndikat, 1976), 131. 然而我们知道，在法国大革命之后呼吁国王或皇族，如策兰在《子午线》里援引毕希纳戏剧《丹东之死》(1835) 中露希尔的话，"国王万岁！"(Es lebe der König!)，无疑使策兰诗学处在不合时宜的"反词"(Gegenwort) 立场。然而这种立场在策兰看来，恰是"一次自由的行为，一次步伐"(Es ist ein Akt der Freiheit. Es ist ein Schritt) (GW 3: 189)。

个永不褪色的历史图像。那些被战争或极权政治毁掉的人的眼睛空如杏仁,盯着"国王般蓝"这遥不可及且漠然无关的超越性,所剩之物只是一个空洞感知器官,它倒映天空之蓝。

布哈南援引法国哲学家巴迪欧的事件理论,将策兰这首诗读作空无(the void)之确立:策兰以挖空或避免(a-void)视觉意象/表象的方式来揭示否定物的在场。① 在巴迪欧哲学中,"空无"并非空无一物,相反巴迪欧认为有一种"无的存在"(a being of nothing),它命名了"显现之为结构"(presentation as structure)与"显现之为结构化的显现"(presentation as structured presentation)之间难以察觉却真实存在的差异。② 哲学的任务正是把握存在者本体之不连贯与其显现/表象之连贯性之间的裂隙,把握表象失序之后涌现的空集(如法国大革命作为贵族政治断裂之后空虚的涌现),并投身于这空集所允诺的真理——哪怕此真理,巴迪欧认为,在对世界的强行命名中有可能走向灾难。策兰《曼多拉》一诗确实分享巴迪欧式空无(the void)之于历史的原始奠基,使该"空无"脱离历史主义视域而进入一种原初构造。策兰诗作暗示,"空无化"在世界历史上重复自身并奠定表象的叙述框架,任何一个神权-政治的表象叙述往往需要以某种空无化为前提,例如布哈南阅读策兰时联系到的苏联政权在1940年间对策兰家乡罗马尼亚布科维纳(Bukowina)居民的强行遣送——在很短时间内,苏联将近十万说德语的北布科维纳人遣送到西伯利亚,撤空了一个文化历史极其丰富的区域。③ 掏空表象、直面无性的策兰诗指认了作为表象之条件的空无化或虚无化,它结构世界的显现。

---

① Buhanan, "A-voiding Representation," 19.
② Alain Badiou, *Being and Event*, trans. Oliver Feltham (New York: Continuum, 2006), 54.
③ Buhanan, "A-voiding Representation," 20.

第三章　无人的影子：策兰的虚无话语

对策兰、巴迪欧以及海德格尔来说重要的是看到存在之意义的可能缺失，即大写存有（Sein）无论在集合论还是本体论上的隐退不显，这相应于各类虚无化/空无化活动的涌现。奥斯维辛与斯大林大清洗，从存在论来看，也不过是求虚无之意志，即无意志对象之强力意志的灾难化政治后果，而当今世界的全面技术化正一边填充、一边扩大存有隐匿之后的那个空位。世界历史的此一进展令尼采关于一切价值之重估的呼吁反讽地落入浪漫主义的窠臼，事实更接近策兰在《苏黎世，鹳屋》（"Zürich, Zum Storchen"）一诗中写道的："我们/并不知道/什么/有价值"（wir / wissen ja nicht，/ was / gilt）(GW 1：215)。① 策兰既没有否定价值本身，也未呼吁价值之重估，而是彰显为价值奠基的那个空位。它被"不知"这个否定语打开并维持，这个空的维度揭示所有价值努力内在之虚无：我们作为有限的存在，并不知道什么是重要的，我们之于真理的关系也不可决定。如果超越物（上帝、存在、虚无）在两次世界大战之后崩坍入自身显现/表象的基础，空无化已是一个不可避免的到来中的事件，或如策兰预言，空无本身正向我们走来，如果身处现代的我们必须面对海德格尔阐释尼采"上帝死了"这句话时所称的"超感性领域的腐烂"，② 那么，人类还能如何去存在？我们如何生存于一个隔断、纷乱与空无化的世界？虚无何为？

---

① 策兰在这首献给萨克斯（Nelly Sachs）的诗里进行了一场神学申辩，他强调自己立场与虔诚的萨克斯不一样，处于神的"对立面"："我们谈到了你的神，我说了/反对他的话，我/让我曾经的那颗心/期待：/他那至高的、环绕死亡喉音的，他那"争论之词"（Von deinem Gott war die Rede, ich sprach / gegen ihn, ich / ließ das Herz, das ich hatte, / hoffen：/ auf / sein höchstes, umröcheltes, sein / haderndes Wort）(GW 1：214)。
② 海德格尔：《林中路》，孙周兴 译，上海：上海译文出版社，2004 年，第 235 页。

在《何谓形而上学?》一文中,海德格尔不无危险地将虚无化看作通向存在者之可被领悟状态的道路,虽然有所拒绝,它指引存在的意义,因此对虚无的遗忘也正是对存在的遗忘。我们不能说存在本身"有价值",因为它(以及虚无)正是一切价值设定的基底:

> 这种虚无化(das Nichten)并不是任意一个事件,而是作为对隐退着(entgleitende)的存在者整体的有所拒绝的指引,它把这些存在者从其完全的、迄今一直隐蔽的陌异状态(Befremdlichkeit)中揭示为相对于虚无的——全然的它者。①

存在者固然是虚无的它者,然而它被揭示为这样,却是经由"虚无化"这个内含于本质显现的否定活动,仿佛我们已经原初地知道了"无"并随时把它与存在者相互衡量以确立后者之存在,或以黑格尔话说,虚无无一例外地"中介"存在的自身理解。海德格尔接着写:"在畏之虚无的明亮黑夜里,存在者的源始敞开状态升起。"② 虽然我们要防止把策兰中后期诗作整个地读作尼采-海德格尔-巴迪欧存在论题的展开,但无疑地,策兰对存在之陌异性以及对虚无之遮蔽-去蔽运作,对"虚无的明亮黑夜"(der hellen Nacht des Nichts)的领会,显然受尼采与海德格尔的影响,且向后影响了巴迪欧,虽然巴迪欧以事件的空无代替了意义的虚无。

策兰关注虚无化如何结构此在基本视域,他在诗集《语言栅栏》与《无人的玫瑰》中大量使用的否定、剥夺、空无化措辞,加剧或灾难化了海德格尔思及的虚无对虚假价值的清理和对存在

---

① Heidegger, *Wegmarken*, 114;海德格尔:《路标》,孙周兴 译,北京:商务印书馆,2013 年,第 132 页。译文有改动。
② In der hellen Nacht des Nichts der Angst ersteht erst die Ursprüngliche Offenheit des Seienden al seines solchen. See Heidegger, *Wegmarken*, 114.

意义的丰富指引。在策兰这里，个别生存者（此在）被抛向无，在虚无中持立，但却未在"虚无的明亮黑夜"里看到存在者如其所是般升起、处于澄明，正如策兰在 1958 年获不莱梅文学奖时对记者说的："我在第一本诗集（《罂粟与记忆》）里有时还美化（verklärt）事物，之后我再也不那样做了。"[①] 美化（verklären）同时也是一种澄明（verklaren），即给予引发诗作的空无化过程一个连贯叙事，给它语言艺术的光照与救赎的可能。然而策兰世界里，"升起"的往往是剥离实体的名称、青烟、"我们"，或"无世界"的石头、星辰、灵魂。哲学与诗的关系在虚无问题上出现一个纽结：前者将虚无把握为通向真理（无论作为去蔽还是事件）之普遍性的路径，而后者仅仅停留于虚无穿过此在的特异点，这个点无法被类属化且不可命名。如果要强行命名或占据这个虚无，如策兰诗作暗示，则很可能走向灾难。

策兰很多诗里的言说者虽然经历甚至目睹了存有之隐退，但他没有把这个回退归为一个真理程序的开启或去蔽，有时策兰以原始同一性的丧失来回应海德格尔推定的此在对存有的归属。例如在《无人的玫瑰》之《在双手里》（"Zu beiden Händen"）一诗中，策兰写下一个未完的结尾："那同一者/失去了/我们，那/同一者/遗忘了/我们，那/同一者/将我们——"（Das / Selbe / hat uns / verloren, das / Selbe hat uns / vergessen, das / Selbe / hat uns-）（*GW* 1：219）。我们对存在的遗忘被改写成存在（同一者）对我们的遗弃，以至我们无法最终说出这个超越物对我们所做的。这无言状态并非语言的失败，而是一个意味深长的停顿，它不可决定地连通存在与虚无。此处，无论犹太人还是非犹太人的生存都被相对化，相互之间不可依靠："哦，这些漫游的好客的/空无

[①] 引自 Felstiner, *Paul Celan：Eine Biographie*, 170.

的中间。被分隔/我向你坠落,你/向我坠落,相互/滑落"(O diese wandernde leere / gastliche Mitte. Getrennt, / fall ich dir zu, fällst / du mir zu, einander / entfallen) (GW 1: 219)。在这看得见的空无化的中间(Mitte),这黑格尔哲学里概念的中介场所,策兰的言者发现其生存已被分隔且毫无奠基,只能从我向你不断坠落。由于同一者/同一性(Das Selbe)的隐退,存在如临深渊,再无一物能将人类联系到一起,于是他们变成相互失去、相互遗忘的存在。[1] 策兰诗里"滑落"(entfallen)一词尽管呼应海德格尔关于存在之"隐退"(entgleitende)一说,但它显然已不再指向任何关于同一者的状况。可以说,该词既加剧了海德格尔的存在之脱落与遗忘,也加剧了《圣经》中人类的源初堕落——这被表象为一个无尽下坠的过程,而"我们"只是作为原初脱落的一个结果而持存。

  在此我们看到策兰在中后期诗作中如何发出对虚无的强力追问,甚至逼近尼采-海德格尔存在论题、触及犹太—基督教神学的超越基底(上帝之在与无),并铭写这些基底入不同程度上的可视与可触形象,以解除哲学-神学对虚无的命名。策兰以虚无之姿态来见证灾难之无化——灾难之为灾难恰在它不断侵蚀任何终极解释与认领,灾难走出了从部分到整体、从前理解到理解的诠释学循环——以深入超越物在神学-哲学上的隐蔽运行和其虚无化活动带来的伦理及政治后果。于是,策兰诗作呈现为对哲学-神学的"绝对反冲"(借黑格尔 absoluter Gegenstoss 这个说法)[2]。为从认识论上回应灾难,诗人必须探究灾难在思想史上的发源,力图将超越物带出已有的规定,在灾难得以发生的思想基础上重新勘探存在。

---

[1] 德语里 entfallen 也指"遗忘"。
[2] G. W. F. Hegel, *Hegel's Science of Logic*, trans. A. V. Miller (New York: Humanity Books, 1969), 402.

重力的克服

在1949年散文《逆光》("Gegenlicht")最后一段,策兰道出了二战后犹太人安顿于"无"的悖论处境:"他讲授重力定律(die Gesetze der Schwerkraft),提供一个又一个证明,但人们充耳不闻。于是他跃入半空,漂浮在那儿,讲授这定律。现在人们相信了,但没有一个人为他不再从空中返回而惊讶"(GW 3: 165)①。这个段落里,讲授者(诗人、犹太人)两次违反了他要证明的东西,也就是作为存在之普遍法则的重力定律:第一次是当人们不相信他的话即他的"一个又一个证明"(Beweis um Beweis)之后跃入半空以漂浮证明该定律,第二次是他奇迹般以其亲身实例"说服"听众之后,却远离大地并与听众(欧洲、他者)分离。不再从空中返回(aus der Luft nicht wiederkehrte)意味着对否定之虚无的接受与安顿;对存在之重的最深刻的体验即是对其缺失状态的体验。重力定律的展示者反讽地变成了它的摆脱者及否定者,一个奇迹击败了另一个。犹太人在欧洲近现代史上遭受的一次次"根除"被悖谬地当作犹太人的存在想要证明的东西,比如被当成

---

① Er lehrte die Gesetze der Schwerkraft, erbrachte Beweis um Beweis, fand jedoch taube Ohren. Da schwang er sich in die Luft und lehrte die Gesetze schwebend-nun glaubten sie es ihm, doch wunderte sich niemand, als er aus der Luft nicht wiederkehrte. (GW 3: 165)

重力定律这般的既定事实而被无追问地接受。策兰似乎通过这个段落暗示：犹太人不得不在"无"中安顿这个事件对于欧洲观众来说并无本质的重要性，更糟的是，它正被这个充耳不闻（taube Ohren）且毫不惊讶（wunderte sich niemand）的他者遗忘。

柯林（Amy Colin）当然看到了该段落的某种文本绝境："正是通过违反重力法则并把自己提升到半空，他才能悖论地让观众确信此定律的真实有效。一个观念的毁灭正好是它的完成。"[①] 早期策兰虽着力于语义的颠倒与观念的毁灭（例如对黑格尔意义上概念的"解绝对化"），然而此处策兰想让读者理解或提供某种证明（Beweis）的，也许还不止柯林所言的"内生于语言之本质的矛盾"（discrepancies inherent in the nature of language），即言语被非常规使用（如在超现实主义那里）后产生的内在差异："对于策兰，意义与含义毁灭的那一刻也诞生出一个更加有力的新观念。"[②] 这充满语言之内在裂隙的"新观念"诚然揭示早期策兰的超现实倾向（非理性之于理性、无意识之于意识的胜利、语言的荒诞化），这使得诗的写作摆脱词语与事物一一对应的关系从而走向前所未有的表达的自由。然而，这位不再从空中返回且安顿于漂浮的讲授者在西方哲学与神学上是有先例的，不可单纯归结为一个语言的内在间距的采掘者。

策兰文本以其先知口吻想要"证明"的乃是某种普遍法则，而停留在事物表象层面的听众是不能觉知它的，无论眼睛还是耳朵都不能截获超感性领域的事物。换言之，我们没有观看理念的那双肉眼，理念（例如重力法则）只能在关于普遍者的话语中被抵达。海德格尔在谈论希腊人的言说（logos）时指出真正意义上

[①] Amy Colin, *Paul Celan: Holograms of Darkness* (Bloomington: Indiana University Press, 1991), 99.

[②] Ibid.

的倾听不是靠"耳朵"所能达到，它需要一种接受性的领会，这正是大众无意识中缺乏的①。在策兰文本隐射的基督教语境里，宣讲灵知不仅困难而且危险，《新约》里耶稣在十字架上的受难（正如策兰的升向半空的讲授者）证明了这点；灵知对听众是有所拣选的，所以耶稣有时以象征性话语来讲授上帝之道："所以我用比喻对他们讲，是因为他们看也看不见，听也听不见，也不明白。"（《马太福音》13 章 13 节）大众对灵知的愚钝在尼采的《查拉图斯特拉如是说》里被进一步讽刺。同耶稣一样，尼采的先知在市场里讲完他的超人哲学后也不得不面对观众或者末人（der letzte Mensch）的不理解："他们在笑，他们不理解我的话，我这张嘴跟他们的耳朵是不合拍的。难道先要撕碎他们的耳朵，使他们学会用眼睛来听么（mit den Augen hören）?"②策兰的演讲者、耶稣以及查拉图斯特拉——这三位自"高处"讲授的先知都过于苛求同时代人的信仰与理解，他们对存在者之整体的话语落入一片接受的荒地。③

如果说早期策兰被黑格尔式辩证法标记，那么中晚期策兰则被尼采式虚无主义批判标记，与尼采这个名字相连的虚无之思赋

---

① Martin Heidegger, *Introduction to Metaphysics*, 2nd edition, trans. Gregory Fried and Richard Polt (New Haven: Yale University Press, 2014), 143.
② Friedrich Nietzsche, *Gesammelte Werke* (Köln: Anaconda, 2012), 369；尼采：《查拉图斯特拉如是说》，钱春绮译，北京：三联书店，2007 年，第 12 页。译文有改动。
③ 诺斯替教强调了末世时诸感官（眼睛和耳朵）之区分的消失，如《雅各秘籍》(*The Secret Book of James*)记载末世时，"我们以我们的耳朵听见、以我们的眼睛看见战争的噪声，军号吹响，巨大混乱"；以及天启对感官的超越，如《托马之书》(*The Book of Thomas*)里耶稣言："认识你面前的东西，那藏在背后的也会被启示给你，因凡隐藏之物无一不被启示。"分别见 *The Nag Hammadi Scriptures: The Revised and Updated Translation of Sacred Gnostic Texts*, ed. Marvin W. Meyer (New York: HarperOne, 2007), 30, 140.

予了策兰看待超越性事物的一种方式。策兰和尼采对"生存之重"的穿透并非要一劳永逸地解除存在与虚无的重负,以达成一种新的人性(尼采的超人还不是马克思主义的新人,策兰的讲授者也不是《新约》里耶稣的使徒)。生存的重负无论在诗人还是哲人这里都是"不可解构的",既无法被社会变革扬弃,也无法被宗教和形而上学消除,相反,诗人和哲人迫切地要求对沉重的虚无主义思想做出决断。此决断不仅关系到意义的问题(存在如何有意义),它更具体地贯穿策兰在《不莱梅》演讲词("Ansprache Bremen," 1958)里提到的诗的"何所向"(Worauf)(GW 3: 186)。在策兰这里,诗的方向与存在及对话的可能性紧密联系在一起,它要忍受并彻思四下蔓延的虚无主义(无意义、无价值状态),以期待的姿态跃入存在自身的不可决定之谜:价值的空位何以原初地对人敞开?是什么在维持这个敞开?这对应了策兰在同一演讲辞里称之为的"某个开放地站立的、可居有之物"(etwas Offenstehendes, Besetzbares),"一个可与之交谈的您"(ein ansprechbares Du),"一种可与之交谈的真实"(ein ansprechbare Wirklichkeit)(GW 3: 186)。这个可如人称一般称呼的现实性(Wirklichkeit)源于诗从敞开之虚无中对他者(某种并非虚无的可能性)的唤出、回应与创造。策兰以及尼采都试图赋予"无"这个纯粹思想之谜以可触的形象和质量,甚至以作品置身其中,测试、承受它的重量。

在解读尼采"欧洲虚无主义"论题时,海德格尔看到虚无(非存在)虽是一个被希腊哲学(巴门尼德、柏拉图)早就提出来的问题,却在思想史上一再被替换与遮蔽,直到基督教上帝对存在者失去支配权、最高价值出现危机时,"虚无"这个思想范畴才浮现为一个迫切的历史问题:"虚无主义是那种历史性过程,在其中,占据统治地位的'超感性领域'失效了。变得空无所有,以至于存在者本身丧失了价值和意义。虚无主义是存在者本身的历史，通过这个历史，基督教上帝的死亡缓慢地、但不可遏止地暴露出来了。"① 海德格尔认为尼采的古典虚无主义与其说终结了虚无主义，不如说把它带入一种完成："尼采正是用这个名称来刻画他自己的形而上学的，并且把他的形而上学理解为对于以往所有形而上学的反运动（Gegenbewegung）"②。如此，尼采的虚无主义内在于整个西方形而上学，不可流俗地理解为对上帝已死的欢呼，他对虚无主义采取的乃是一种重建的立场（反运动），力图在"一切皆无意义"（同者的永恒轮回）这个极端虚无之思中夺取关于存在的本质性认识，最终走向此岸世界的肯定与彼岸世界的废除。借用策兰的一个词，尼采不只拥抱虚无，他还"舀空"或"创造"（schöpften）虚无。③ 布朗肖则认为虚无主义（完全的虚无）是不可能的："我们一直以为虚无主义和虚无有关。这是多么草率：虚无主义和存在有关。虚无主义是想要了断存在的不可能性，是从中劈出一条路哪怕那终究还是无的不可能性。它道出了虚无的无能，其胜利的虚假光芒；它告诉我们，当我们思考虚无的时候，我们仍思考存在。没有什么完结了，一切再次开始；他者乃是同者……虚无主义如此告诉我们那最后的冷酷的真理：虚无主义的不可能性。"④

---

① 海德格尔：《尼采》（下），孙周兴译，北京：商务印书馆，2010年，第718—719页。
② 海德格尔：《尼采》（下），第720页。
③ 见策兰《花》（"Blume"）一诗："我们曾是/手，/我们舀空黑暗，我们找到/那攀向夏天的词/花"（Wir waren / Hände, / wir schöpften die Finsternis leer, wir fanden / das Wort, das den Sommer heraufkam: / Blume.）(GW 1: 164)。
④ Maurice Blanchot, *The Infinite Conversation*, trans. Susan Hanson (Minneapolis: University of Minnesota Press, 1993), 149. 布朗肖：《无尽的谈话》，尉光吉译，南京：南京大学出版社，2016年，第293页。译文有改动。

从尼采的永恒轮回学说看，万物之流是无意义的，或者说，被解除了意义，人也处在这个流动里，人的存在也要永恒地回返，但唯有人能把握这一形而上观点，人对存在者之整体的领悟无可避免地引向对无的遭遇，但这遭遇并不终止于虚无主义，而是引向沉沦、漂浮、安顿、克服这几种可能。策兰于战争中失去双亲、辗转异乡，出于体验与反思，策兰对"无"（nihil）和其"胜利的虚假光芒"无疑有切肤体会。如同尼采，策兰不断想要"了断存在"，却未能了断，他最后的自杀也未能清偿其作品对虚无的无尽纷争，如他在一首后期诗里写下："那解除高度的、内化之物/在岸边的额头下说：/赔完了死，赔完了/上帝"（der Enthöhte, geinnigt, / spricht unter den Stirnen am Ufer: / Todes quitt, Gottes / quitt）（GW 2: 326）。解除了"高度"的生命也解除了对上帝与死亡的亏欠或清偿，它处于存在之流的岸边，这乃是一种从死之罪责下解脱出来的彼岸的生命，它已内化（geinnigt）为自在之物。① 可以说，尼采借给了策兰一双观看虚无的眼睛，使后者能凝视"无"这不断从视域中消失之物且以诗的重量与之均衡，因为对无的体验不仅经由反思而来，它更经由尼采敏锐地观察到的生理-心理之层面而来，即"对那种生命意义上的生命体的追问"②。然而，尼采对宗教和形而上学的本能怀疑在策兰这里进一步体现为形而上理念对生命流的暴力穿透。可以说，策兰作品阴影化或"硬化"了布朗肖关于尼采所言的"完结"的不可能性。

从精神成长史看，策兰对尼采的阅读先于他对海德格尔的阅读，自青年时代，策兰就被这"以锤子来思考"的哲人吸引，虽然尼采哲学暗含的虚无主义能量要等到策兰的《语言栅栏》

---

① 又如策兰在一首1967年的诗里写下："被虚无穿透并奠定/从一切祷告/解脱"（durchgründet vom Nichts, / ledig allen / Gebets）（GW 2: 328）。
② 海德格尔：《尼采》（下），第747页。

(1959)、《无人的玫瑰》(1963)、《换气》(1967)、《线太阳群》(1968)等中后期诗集才充分释放出来。据策兰传记作家夏尔芬(Israel Chalfen)回忆：策兰"在高中最后一年（即1938年）就读了尼采的《查拉图斯特拉如是说》和《善恶的彼岸》。他告诉朋友，这些书令他印象深刻，于是这导致他被昵称为'超人'，他也酣然自得，因为他总比周围的人与事物高出一截。"① 策兰后来对尼采哲学一直保持兴趣，包括研读海德格尔的赠书《演讲与论文集》（1954）中《谁是尼采的查拉图斯特拉？》一文以及海德格尔1934—1942年间的讲座《尼采》，并在书中大段勾画海氏引用的《查拉图斯特拉如是说》和《权力意志》里的段落。② 实际上，策兰极有可能读过大部分尼采著作。据韦沃克（Peter Villwock）研究，策兰终生研读的哲学家正是尼采而非海德格尔——在策兰"哲学藏书"（philosophische Bibliothek）的9551条批注中，有1862条来自尼采著作，1147条来自海德格尔著作，第三位的更少了，也就是说，策兰近四分之一的哲学笔记或批注出自尼采。③

1959年，策兰与友人斯丛狄特意造访尼采写作《查拉图斯特拉如是说》时攀登的瑞士南部恩加丁（Engadin）山脉，并于西尔斯-玛利亚（Sils Maria）的尼采故居停留，以此向哲人致敬。④ 策兰同年散文《山中会话》里弥漫着《查拉图斯特拉如是说》的"高空气息"，亦即尼采所言的"距人类与时间六千英尺以上"（6000 Fuß jenseits von Mensch und Zeit）。⑤ 策兰在文中写道："大

---

① Israel Chalfen, *Paul Celan*: *A Biography of His Youth*, trans. Maximilian Bleyleben (New York: Persea, 1991), 87.
② Lyon, *Paul Celan and Martin Heidegger*, 139-142.
③ Peter Villwock, "Celan und Nietzsche: Gespräch im Gebirg," *Nietzsche-Studien* 41.1 (2012): 396.
④ Ibid., 393.
⑤ Nietzsche, *Gesammelte Werke*, 942.

地在那高处自行褶叠,褶皱一层、两层、三层、从中间打开,一湾水立在那中间"(Es hat sich die Erde gefaltet hier oben, hat sich gefaltet einmal und zweimal und dreimal, und hat sich aufgetan in der Mitte, und in der Mitte steht ein Wasser)(*GW* 3: 170)。被自然强力塑造的开裂的山峰解除了任何目的或意义而兀自存在,策兰的言说者在此目睹了那并不为人类所弯折的力的存有(山脉),一个自行显示、断裂、聚集的大地事件,它处于人类时间的彼岸(jenseits von Mensch und Zeit),其经历的地质时代外在于(或者说,陌异于)人类文明与历史,然而这高山裂隙中的一湾水(ein Wasser)也暗示生命的起源——虚无张开的裂隙里恰有生命的可能。

策兰中后期文本的高空性或悬浮态、其对形而上学之绝对的言语锋利的反运动、对虚无的深渊般凝视、对此在的爱恨交织以及后期诗里一再出现的疯狂意象等——均带有不同程度的尼采痕迹。海恩德斯(Odile Heynders)甚至认为,策兰著名的"子午线"、他关于时间循环、时间之空无化以及"轻"(Leichtigkeit)与"重"(Schwere)之间的辩证法等,都与尼采永恒轮回学说和虚无主义思想有本质关联。[①] 然而此处我们要追寻的不止于策兰与尼采之间精神气质的接近,很显然,《查拉图斯特拉如是说》这样的德国后浪漫主义诗化哲学非常吸引策兰——甚至尼采的反犹言论也吸引策兰。此处关键在于,策兰是在后浪漫主义之解绝对化的基点上来看待虚无主义的,策兰不可能再有尼采那样的对超人(Übermensch)的呼吁以对抗虚无主义,也不可能如尼采将力量的增长当作克服/完成虚无主义的途径——策兰并不想激进化人的可

---

① Odile Heynders, "Die Doppelrolle des Dichters: Spuren von Kleist, Büchner und Nietzsche in Texten Paul Celans," *German Studies Review* 18. 1 (1995): 87-113.

能以克服宇宙目的论的缺无。海德格尔甚至以为虚无主义根本是"不能被克服的",至少在尼采这里不能,因为尼采也还是"虚无主义地",即以价值设定的方式思考虚无主义,尼采形而上学保持为自柏拉图以来虚无主义最显著的一种形式。① 一种被完成的虚无主义,在策兰这里,不过是回到另一种形态的绝对化理念。尼采高举的此岸生命之活力在奥斯维辛后已陌异化为总是被阻挡、否定或"石化"之物(例如策兰提到的"石化的祝福")(versteinerten Segen)(GW 2:18)。极力攻击宗教与道德的尼采没能看到他逝世不久之后的欧洲,如何以某种"至高意志"迅速填补上帝死后的神圣空缺。

以上对尼采思想的勾勒提示我们,策兰诗里"悬浮"或"上升"这一举动不仅描述宇宙学意义上的天体运行,同时也不终止于历史灾难的影射,例如纳粹集中营里化成青烟上升的犹太人的灵魂。策兰诗里沉重之物的悬浮隐蔽地带有虚无主义的印记,它记录了策兰如何遭遇那既不能被建立,也不能被摧毁,只能被承受的不断侵袭此在的"无",它悬搁了一切价值设定。在1967年一首诗里,策兰写下:"无法平息地/孤零零、不动声色地/那改变万物者/从我身后缓慢升起/刮擦着"(Ungestillt, / unverknüpft, kunstlos, / stieg das Allverwandelnde langsam / schabend / hinter mir her)(GW 2:235)。这改变万物者,无论它是某个宇宙法则还是全能的超越者(它并不直接与万物相连),从言说者身后太阳般升起,不触目却也不间断地发出声响。这既是万物寂静的时刻,也是万物改变之源缓慢显现的时刻。此处,策兰从宇宙学和存在论的双重角度记录了那不断关涉我们却并不直接显现的东西,其多重否定特征使之趋近于"无",它似乎有一种宏大意义(这里还

---

① 海德格尔:《尼采》(下),第1087、1095页。

不能说它有一种"价值"),但其重要性仍然难以把握,它发出的"刮擦声"(schabend)隐喻了与某个坚硬表面的带有暴力性质的接触。策兰表明,中性的改变万物者(das Allverwandelnde)正进入与它所改变的事物的关系之中,哪怕此关系或改变的本质仍处于隐蔽——策兰只把它描述为一次无意中的感官侵袭,它持续作用却不动声色(kunstlos)。

作为诗人,策兰并不像尼采和海德格尔那样直接讨论虚无主义这类形而上命题,而我们的阐释也并非是把诗人设置于作品中的真理提取出来,在理论来源众多的策兰这里并不存在单一的真理设置,而且,提取总冒着简化文本的风险,提取意味着意义与形式的分离。阐释的任务恰是开启某种看似不可能的解读,以构建一个他者/陌异者前来照面的理论空间,使诗能够敞开于形而上学,与之交流,甚至具有形而上学的新可能。尤其地,我们对策兰诗的解读着力于洞察其源出的内在性平面,探究这些平面如何与哲学的理论平面相互交接。策兰《无人的玫瑰》之《明亮的石头》("Die hellen Steine")一诗打开这样一个空间,一个超越性世界,但它并非宗教意义上的天堂,它发出原始而奇异的光芒,可称之为"重力的彼岸",一切悬浮其中:

  明亮的
  石头穿过天空,纯白的
  光亮,光芒
  使者。
  它们既不愿
  下降,也不愿坠落,
  也不撞击。它们
  升起来,张开

第三章 无人的影子：策兰的虚无话语

如卑微的野蔷薇，

它们向你

漂浮过来，向你，我的轻盈者，

我的真实者——

我看见你，你采摘它们，以我的

新的，我的

每个人的手，你把它们

放入再一次的光亮，无人

需要为之哭泣或命名。

Die Hellen

Steine gehn durch die Luft, die hell-

weißen, die Licht-

bringer.

Sie wollen

nicht niedergehen, nicht stürzen,

nicht treffen. Sie gehen

auf,

wie die geringen

Heckenrosen, so tun sie sich auf,

sie schweben

dir zu, du meine Leise,

du meine Wahre-:

ich seh dich, du pflückst sie mit meinen

neuen, meinen

Jedermannshänden, du tust sie

ins Abermals-Helle, das niemand

zu weinen braucht noch zu nennen.（*GW* 1：255）

如前诗里的"改变万物者"（das Allverwandelnde），这些怪异地不受地球引力影响的石头群此刻经过大气这个敞开空间，如太阳般发出纯白亮光。这些太空之石并不像流星那样因引力而急速下坠，也不像彗星那样带来毁灭的恐惧，相反地，它们倒有一种主动漂浮的意志，浮向一个使之聚集的未命名的形体。此处悬浮的石头/星辰（Stern/Stein）当然可以直接地读作格雷夫斯（Jason Groves）称之为的"空气动力诗学"（aeropoetics）的范例："无论是大地还是石头，在策兰的物质化想象中都不是一个稳定的空间标记，策兰同时吸取了犹太大屠杀和构造动力学，将它们重塑为一种抛投（Verwerfung）的诗学，它既指被放逐的流亡，也指地质意义上的断层。"[1] 策兰诗作中四处漂移、有时自行开裂的石头隐喻了二战期间及战后犹太人无方向的被拔除的生存状况（1942年间，策兰在罗马尼亚劳动营里的工作就是"铲石头"[2]）。另一方面，策兰诗里悬浮的石头也暗示了犹太教卡巴拉语境下原初创世时神性破碎这一事件，分散于宇宙各处的光亮碎片象征着孤立地漂浮的灵魂，例如托比亚斯在研究策兰中期大量关于石头和星辰的意象时认为，"策兰诗以'失散的太阳群'（shattered suns）唤起了［神性的破裂与恢复］这一神话，众恒星如矮星（creeping stars）一样被驱散了，但同时也作为上帝不可分离的光芒而停留于天穹。"[3] 在这种解读中，策兰的石头不再是一个地质学意象，它具有超越大地的含义，它唤起了原初神性的破碎与恢复。于是，

---

[1] Jason Groves, "'The Stone in the Air': Paul Celan's Other Terrain," *Environment and Planning D: Society and Space* 29. 3 (2011): 472.

[2] Felstiner, *Paul Celan*, 16.

[3] Tobias, *The Discourse of Nature*, 55.

该诗中漂浮之石既是物质意义上的大气穿越者（它们蔑视地球引力，遵循怪异的漂移轨道），也是宗教意义上返回神的天穹的灵魂碎片，被至高者重新收集。

然而，我们追寻的尼采哲学视野也许能打开另一既非物质论也非宗教的维度——本体论之虚无主义，这使我们观察到策兰如何维持虚无的敞开空间从而避免永恒轮回状况下价值设定的盲目。尼采哲学朝向策兰的自然-宗教意象投下一缕光，照见其中如雾气般四面围拢的虚无主义谜团——策兰在某处形象地称之为："你这荒岛田野/带着/如雾笼罩的/希望"（Inselflur du, / mit der dich / übernebelnden / Hoffnung）（GW 2: 250）。每当策兰唤起一种地质、宇宙或宗教意象，他总有可能把它纳入一个生存的比喻中，让虚无到来。在《明亮的石头》一诗末尾，我们发现这些如花绽开的石头被一个未命名的"你"采摘，用的却是永恒轮回状态下的"我"的手（这时它变成任何一个人的手），言说者认识到他处于万物之流，所以他的手能够是"新的"，能够被他者所用。最后，这个透入我之身份内核的"你"① 把漂浮的石头群放入"再一次的光亮"，这回响着策兰在同一本诗集另一处写的："走向何处？向那永不消逝者/和石头一起走，和我俩"（Wohin gings? Gen Unverklungen. / Mit dem Stein gings, mit uns zwein）（GW 1: 269）。

光芒的重复涌现（"再一次的光亮"）正是"永不消逝者"向

---

① 策兰中后期诗里的"你"有时指向某个被虚无化的幽灵般的存在者，但正是这亡灵般（有时带着母性）的形象确保了"真实"之在，例如"在风影中，一千个你/你和那只手，/我以它向着你，赤裸成长，/遗失者"（Im Windschatten, tausendfach: du. / Du und der Arm, / mit dem ich nackt zu dir hinwuchs, / Verlorne）；"今夜/你逾越人世。/我以词语把你召回，你又在此/一切回归真实，都是/对真实的等待"（Dein / Hinübersein heute Nacht. / Mit Worten holt ich dich wieder, da bist du, / alles ist wahr und ein Warten / auf Wahres）（GW 1: 165, 218）。

诗人投来的邀约讯号,此光芒作为尼采意义上的永恒轮回在两次闪耀的记忆之间穿越了有限的生命,于是"我"变成"每个人",变成"你","我"被这光芒更新,同时也进入循环,或以尼采的话说,"我"本身就属于永恒轮回的诸因之一。策兰的合成词 Abermals-Helle 似说,这"光亮"(Helle)正是"再一次"(Abermals)的标志,光芒之回返构成时间性的前提(如古代日晷上不断移动的光影),不间断地接续着过去-现在-未来的时间之通道。这个循环本身,作为既不诞生也不死亡的东西,并不需要命名(nennen),所以也无需哀悼(哭泣)(weinen)。策兰也许会同意哲学家南希的说法,命名即是以语言固定某个已诞生的在场者,命名无可逃脱地是万物生灭过程的一部分:"死亡乃是绝对的所指,意义的封印。它就是名字本身,而'诞生'却是个动词。"[①] 在策兰这里,命名,作为永恒回返之流里个体的锚定,与生存必须默默承受的痛苦相关,如他在《白与轻》("Weiss und Leicht")一诗中写道:"光芒,把我们吹成一堆。/我们承受光亮、疼痛和名字"(Die Strahlen. Sie wehn uns zuhauf. / Wir tragen den Schein, den Schmerz und den Namen)(GW 1:165),毫无重量的我们却要悖论地担负我们的闪烁着的名字。

　　策兰诗的脱离重力的姿势极可能受尼采《查拉图斯特拉如是说》中《重压之魔》("Vom Geist der Schwere")这一章节的启发,这是尼采向着疲乏沉重的生命发出大拒绝的关键章节。该章里,尼采提到与策兰的重力讲授者类似的"教人飞行的人",他"移走了所有的界石(Grenzsteine),由于他的缘故,所有的界石将飞向空中,他将给大地取一个新名字——轻盈者(die

---

[①] Jean-Luc Nancy, *The Birth to Presence*, trans. Brian Holmes et al. (Stanford: Stanford University Press, 2009), 3.

Leichte）"①。与策兰类似，尼采认为以往的人背负了太多"外来的沉重的话语与价值"（fremde schwere Worte und Werte）②，这些道德宗教、形而上真理的价值如"界石"固化了生命的创造，而如今，对于永恒轮回的教师（"教人飞行的人"）来说，这些界限都要被移除，一切价值被揭示为价值设定。大地的沉重被揭示为人类感官相对性的结果，在宇宙尺度上，大地很可能是"轻盈的"，如所有星辰一样，大地悬浮于宇宙空间之虚空，其漂浮并没有一个"目的"或"意义"。实际上，尼采用了《查拉图斯特拉如是说》整本书来从精神上克服"重压之魔"（Geist der Schwere）这个至高的魔鬼③。它乃是象征一切疲乏厌世、使生存虚无化的东西以及对应的善、恶、神的拯救等——这些在尼采看来都出于对永恒轮回的恐惧乃至弃绝。重力既能让物体悬浮，也能让它们坠落，而这正是"重压之魔"的双重性："哦，查拉图斯特拉，你这智慧的石头（Stein der Weisheit），你这石弩之石（Schleuderstein），你，星辰的破坏者！你把自己抛得这样高——可是每一块被抛上去的石头——都得掉下来！"④ 查拉图斯特拉在向着思想高峰攀登时意识到了此攀登的虚无主义风险，他看到人

---

① Nietzsche, *Gesammelte Werke*, 507.
② Ibid., 508.
③ 永恒轮回作为"最沉重的思想"困扰尼采，可追溯至1882年《快乐的科学》里一个段落："最沉重之物（Das grösste Schwergewicht）。——如果在某个白天或夜里，一个魔鬼偷偷潜入你最孤独的孤独，对你说：'你现在正活着的、已经活过的生命，你不得不再活一次，再活无数次；那里面再没什么新东西了，每一种痛苦、快乐、思绪、叹息，你生命中无以言语的所有伟大与微不足道的东西，都将以相同次序和结果向你回返，甚至这蜘蛛和树间的月光，这时分，我自己。存在的永恒沙漏（die ewige Sanduhr des Daseins）总是再一次被倒转，你也被倒转过来，你这颗尘埃！'见 Friedrich Nietzsche, *The Gay Science*, trans. Walter Kaufmann (New York: Vintage, 1974), 273.
④ Nietzsche, *Gesammelte Werke*, 478. 尼采：《查拉图斯特拉如是说》，第177页。译文有改动。

想要凭借自身去超越自身的困难（虽然，只有这样的超越在尼采这里才是合法的）。对虚无主义的克服很容易满足于对虚无（有限性）的否定从而转向宗教等，尼采哲学的关键在于生命对永恒轮回的肯定式居有，而不仅仅是拒绝传统价值，然后再插入新价值。

在尼采虚无主义打开的视野内，策兰诗悬浮、坠落与漂移图像能够得到一个新的理解，虽然策兰对尼采的回应（正如他对海德格尔的回应）并不是直接的，而是被编写入与他自身体验相关的诗学构造。策兰早期关于赫拉克利特的一个断片表明他对永恒轮回的疑问："'一切皆流逝'：包括这个想法本身——那不会将一切事物又一次带向终止？"（"Alles fließt"：auch dieser Gedanke, und bringt er nicht alles wieder zum Stehen）（*GW* 3：165）。在策兰这里，"生成之流"不再是无条件或绝对的，它被思想带入了停顿，从而显现为思想的一次设定，恰如策兰前面提到的"讲授重力的人"，法则的演示只有出于对自身的违反才能被理解。如果说尼采的问题是如何承受、居有永恒轮回，如何从宗教道德和形而上价值里解放出来投身于生命之创造，那么策兰的问题则是如何以诗悖论地"冻结"虚无于瞬间（把虚无"又一次"带入一种站立/终止：Stehen），以诘问虚无之基底或无基底，从而以非虚无主义的方式思考虚无主义——这种方式不一定是犹太教神秘主义或任何既定的体系，但它必定从某个角度切入虚无主义的剖面，揭示其闭合的不可能。实际上，与尼采一样，策兰一直在抗拒"外来的沉重的话语与价值"，其诗作对宗教和形而上学的"引用"也是用其理论力量清理生命附加物，使之能够艰难地轻盈，密闭地敞开。在策兰诗里，总有什么东西站到虚无面前或之中，要求它敞开——这对于犹太大屠杀幸存者无疑是一个发自本能的要求。

策兰《无人的玫瑰》之《球体》（"Les Globes"）一诗再次切近了尼采的虚无主义悬浮，此时，诗人邀请我们透过"错误行驶

第三章　无人的影子：策兰的虚无话语

的眼睛"（den verfahrenen Augen）窥视宇宙和人类历史的运行：

从错误行驶的眼睛里——读吧：
太阳和心的轨道，那
呼啸的美丽的虚无。
死亡，以及从死里
诞生的一切。那
世代之锁链，
安葬于此的，以及
浮在上面的，在大气里，
环绕深渊。一切
面庞书写，被嗡嗡响的
词语飞沙打穿——小小的永恒者，
音节。
一切，
哪怕最沉重之物，意欲
飞走，无物
可停留。

In den verfahrenen Augen — lies da:
die Sonnen-, die Herzbahnen, das
sausend- schöne Umsonst.
Die Tode und alles
aus ihnen Geborene. Die
Geschlechterkette,
die hier bestattet liegt und
die hier noch hängt, im Äther,

> Abgründe säumend. Aller
> Gesichter Schrift, in die sich
> schwirrender Wortsand gebohrt — Kleinewiges,
> Silben.
> Alles,
> das Schwerste noch, war
> flügge, nichts
> hielt zurück. (*GW* 1: 274)

对这首诗较为细致的解读将开启策兰的隐蔽的虚无主义维度。首先，一些"错误行驶"（verfahrenen）即迷航的眼睛看到了本不该看到的东西，"误入"某种真实，因在德语里 verfahrenen 也指"弄糟了的、无可挽救的"，此处暗含了对暴力受害的见证。联系到标题"球体"（Les Globes）及第二行的"太阳"，这些被迫见证的眼睛可等同为太空里漫游的星辰，它们承受了大爆炸之后的宇宙演化，可谓"伤痕累累"，布满坑洼、燃烧的痕迹①。"太阳和心的轨道"（die Sonnen-, die Herzbahnen）：心在身体内如太阳在太阳系里发挥核心作用，策兰把星球与情感的轨迹以连字符并置，以彰显其共同遵循的法则。当然，"心的轨道"唤起了帕斯卡尔（Blaise Pascal）强调的心灵对最高法则的直观能力："正是借由

---

① 另见策兰《在空中》（"In der Luft"）一诗："在空中，你的根停留彼处，在那/半空中。/尘土聚成球，泥泞/呼吸—黏土/庞然大物/被禁止者，在那上面经过，那/烧焦之物……一切/地点都是此地，都是今日，都是/从绝望而来的光芒，/被裂开者/带着变盲的嘴/步入那光"（In der Luft, da bleibt deine Wurzel, da, / in der Luft. / Wo sich das Irdische ballt, erdig, / Atem- und-Lehm. / Groß / geht der Verbannte dort oben, der / Verbrannte ... Aller- / orten ist Hier und ist Heute, ist, von Verzweiflungen her, / der Glanz, in den die Entzweiten treten mit ihren / geblendeten Mündern）(*GW* 1: 290)。

'心',我们懂得了第一原理,理性与之无关。"① 策兰似乎认为心灵之轨也遵循古老的宇宙法则,人类情感(内在性)也受到不变的牵引,然而很快,这种牵引连同宇宙运行本身都被归为一场虚无/徒劳(Umsonst)。此虚无,策兰在《子午线》里告诉我们,乃是作诗的源泉,诗就是"关于纯粹的终有一死与虚无的无尽言说"(*GW* 3:200)②。"呼啸的美丽的虚无"这个短语托出人类与宇宙的看似遵循法则却根本上无目的的状态,其"美丽"暗示两者不需要有一个目的,也就是说,正是目的或价值的缺失使人类与宇宙仍能处于敞开的审美状态。

在接下来几行里,策兰跃入永恒轮回的主题。生命与死亡在一种经由赫拉克利特而来的尼采意义上相互轮回,见赫拉克利特《残篇》:"有死者即不朽者,不朽者即有死者,一者活着另一者的死,也死于另一者的生。"③策兰诗句"死亡,以及从死里/诞生的一切,那/世代之锁链"将世界进程本质上把握为循环,死亡被视为诞生的一个前提条件,而生命也只是更为漫长的死亡的一个特例(它须从死亡里诞生出来),例如在赫拉克利特那里,凡人(mortals)与诸神(immortals)、生与死之间并非对立,而是可以互换位置。④"世代之锁链"(Geschlechterkette)这个合成词形象地总体化了人类的连续繁衍(Geschlecht 也指性、性别),同时也暗示种族(例如犹太人)乃是一种世世代代的捆绑,此血缘捆绑在一种宿命论的意义上是无法逃脱的。与支持策兰诗作的犹太性

---

① Blaise Pascal, *Pensées*, trans. A. J. Krailsheimer (London:Penguin, 1995),28.
② Die Dichtung, meine Damen und Herren —: diese Unendlichsprechung von lauter Sterblichkeit und Umsonst! (*GW* 3:200)
③ John Burnet, *Early Greek Philosophy* (Cleveland:The World Publishing Company, 1964),138.
④ Ibid., 154.

解读相反，这里我们要看到策兰对犹太身份的内在抗拒，诗人意欲逃脱种族锁链的捆绑。无论如何，此链已被死者占据，包括"安葬于此的"，还有怪异地"浮在上面"、在天穹里"环绕深渊的"。在接下来的诗句"一切/面庞书写，被嗡嗡响的/词语飞沙打穿——小小的永恒者，/音节"里，我们目睹千疮百孔的被毁的"面容"（Gesichter），如同"书写物"（Schrift），被"词语飞沙"（Wortsand）打穿。这呼应了前面提及的作为宇宙力量见证的被漂流物击出孔洞的星球表面，此处的"书写"似指策兰自己的诗作如何被密集而迅速的词语击穿（策兰文本由此可读作被漂流之词击穿的地形面貌），而词语或音节在冻结、结晶存在之流的意义上成了"小小的永恒者"。在《痛苦的音节》（"Die Silbe Schmerz"）一诗中，策兰同样把诗人的职责视为让言说向着永恒或不死者聚集："它把自己交到你手中：/一个你，不死者/每一个我朝向你醒来。无/词语的声音四下巡游，空虚形式/一切进入它们，混合/分开/又一次/混合"（GW 1：280）①。

海恩德斯阅读《球体》一诗时指出，策兰使尼采的某些主导思想（Grundgedanke）变得可读了，包括"狄奥尼索斯无意义状态"（dionysische Sinnlosigkeit）、"相同者之回返"（die Rückkehr desselben）等。② 海恩德斯进而认为："这首诗写的不仅是对过去的一种回忆，也不仅是过去之事在未来的不可避免的回返，而是这样一种观念，我们未来的行为将能够决定过去。诗的创作就是这样一种能够影响过去的行动。"③ 如此阐释实际上给予了诗，尤

---

① Es gab sich Dir in die Hand: / ein Du, todlos, / an dem alles Ich zu sich kam. Es fuhren / wortfreie Stimmen rings, Leerformen, alles / ging in sie ein, gemischt / und entmischt / und wieder / gemischt. (GW 1: 280)
② Heynders, "Die Doppelrolle des Dichters," 111.
③ Ibid.

其策兰诗，以"影响"永恒轮回的可能。我们知道在尼采式回返（Rückkehr）中，过去（正如未来）并不是一个固定的时间段，过去本身就是永恒，而正是包含了"眼睛"（Augen）这个词的"瞬间"（Augenblick），作为一道门，召集着时间，以尼采的话说，"把一切来临的事物向自己身边拉过去"①。《球体》一诗的"眼睛"开启了统摄万物的瞬间之门，它转动记录着一切过去与未来；"眼睛"既是过去与未来这同一个永恒的一分为二者，也是随时冻结此永恒之流的一个自反感知结构，随时间的推进，眼睛/瞬间不断地重新划分过去与未来的疆界。诗如果能切入这个总体化的瞬间，那么它如一个水晶球就能帮助我们重新理解过去并看到未来。海恩德斯不无忧虑地指出，该诗暗示"犹太大屠杀会再次回返这个想法虽然难以接受，却不是匪夷所思"。的确，如果我们相信尼采意义上的永恒轮回，那么犹太大屠杀并没有绝对的特异性，它还会回返。实际上，它的关键条件即种族主义一直在回返着，正如近现代欧洲史上多次爆发的反犹事件、新纳粹主义，等等。但海恩德斯也提醒读者避免以宿命论方式去理解永恒轮回，而是要看到策兰诗作如何争执轻盈（Leichtigkeit）、偶然（Zufall）以及语言的荒诞（Absurdität der Sprache）。②

"一切，/哪怕最沉重之物，意欲/飞走，无物/可停留"（Alles, / das Schwerste noch, war / flügge, nichts / hielt zurück）。此诗的结尾将宇宙推入加速的膨胀，这时最沉重之物也变得轻盈，想要飞离，无一物可停留。当然，这里回荡着里尔克《杜伊诺哀歌》（*Duineser Elegien*, 1923）第一首中的诗句："是时候了，在爱中/脱离你爱的人吧，颤栗地承受：/就像箭承受着弓弦，以便

---

① Nietzsche, *Gesammelte Werke*, 480.
② Heynders, "Die Doppelrolle des Dichters," 112.

在飞出时/聚集超越自身的力量。因为无处可停留。"① 出于里尔克的先行文本，拉古-拉巴特自然认为策兰的这个结尾"定义了爱"②，如一股纯粹的上升之力，爱让最沉重之物（生存的重负）也飞走了，爱是使万物变得轻快的东西。向着里尔克而非尼采的这一解读避免了策兰的至高的虚无主义时刻，此刻一切飞散、无物停留（包括爱）。也许拉古-拉巴特并不想把策兰归为一个虚无主义诗人，也许我们对虚无主义仍停留在虚无主义式的理解上，把它当成一切目的和价值的否定（"最高价值的自行贬黜，"尼采说）。与其说定义了"爱"，这几行诗倒是定义了"无"，并把它推向无可挽回、不断复制却无法完成的虚无主义——虚无的无限扩散。这一扩散不仅是一个宇宙学事实，在存在论上也是有所洞察的，如尼采所预言的虚无主义这一"最惊骇/陌异/诡异的客人"（dieser unheimlichste aller Gäste）已经站在门口，策兰所预言的无物可停留的时刻也已经到来（策兰使用的是过去时：war flügge，"曾长出翅膀"）。这是一个万物飞翔的奇妙瞬间，一个无限自由的令人眩晕的时分，它曾来临。

我们在此看到，中后期的策兰意欲穿透作为人类历史的"世代之锁链"，将虚无回溯为诗的基本体验并以此构架生存的比喻，这在《无人的玫瑰》之后的诗集《唤气》（1967）、《线太阳群》（1968）、《光之逼迫》（1970）、《雪之部》（1971）、《时间庄园》（1976）里更加难以平息地见证了无世界/弱世界条件下的生存。那时，策兰将说出："世界已远去了，我得载着你"（Die Welt ist

---

① Ist es nicht Zeit, daß wir liebend / uns vom Geliebten befrein und es bebend bestehn: / wie der Pfeil die Sehne besteht, um gesammelt im Absprung / *mehr zu sein als er selbst*. Denn Bleiben ist nirgends. See Rilke, *Gesammelte Werke*, 752.

② Lacoue-Labarthe, *Poetry as Experience*, 106.

fort, ich muß dich tragen)（*GW* 2：97）。尼采-海德格尔的虚无主义论题在策兰这里终究是"不可完成的"，策兰总是倾向于将虚无回溯至一个宇宙学和存在论上的更为原初的起源或时刻。总而言之，策兰欢迎了尼采所言的虚无主义这位"最陌异的客人"，以诗的形象和比喻为其提供一个居所，但同时保持虚无于未完成状态，也就是说，虚无在策兰诗里也不完全是"在家的"，总有某物前来相认于"无"，与之衡量，使之无法自行闭合。

第四章

黑暗接种者：晚期策兰的世界

大地般的看不见的
避难所

　　——策兰《如魔鬼,夜晚的舌头玩笑》

诡异：死亡之抗拒

从1967年诗集《换气》始，策兰诗进入他在某处称之为的"从深处剥出的/苍白声部"（Fahlstimmig, aus / der Tiefe geschunden）（GW 2: 307）。这从深处（der Tiefe）剥离出来的苍白声调，作为深渊的持留，远离了任何意义上的美学（包括阿多诺的强调作品内在矛盾的否定美学），乃是一个有限者从死亡或其迫近中发出的界限之声。此声音脱去了《死亡赋格》的对位式音乐感以及超现实主义的生动色彩，同时也疏离了黑格尔的有机化精神，然而，它在无可中介的碎裂中愈为真实可辨——一部"分裂的思想乐章"①。相较《语言栅栏》《无人的玫瑰》，策兰最后几年的诗显然更简短、不规则，似乎"语言栅栏被撕出巨大裂口"②。这比《密接和应》里"草叶，分开书写"（Gras, auseinandergeschrieben）（GW 1: 197）的"文本现实"③ 又进了一步，因为此时文本作为符号之网的观念已崩坏："符号被阐释到/崩坏/烧焦、腐烂、浸渍"（die Zeichen zuschanden- / gedeutet, / verkohlt, gefault,

---

① 策兰：《保罗·策兰诗全集：第八卷 暗蚀》，孟明译，上海：华东师范大学出版社，2017，第141页。
② Katharine Washburn, Introduciton, *Last Poems* by Paul Celan, trans. Katharine Washburn and Margret Guillemin (San Fransisco: North Point Press, 1986), xxiii.
③ Szondi, *Celan Studies*, 31.

gewässert）（*GW* 2：364）。在灰白基调的"无词/无物"的"非文本"里，哲学家布朗肖听出了那最后的言者，那再也无法成"歌"的凄厉之声（shrill sound）。这声音穿透了作为人类历史的"世代的锁链"，抵达"被空无自身填满的空无"，例如策兰后期诗里大量出现的白色（雪、白垩、石头），布朗肖认为，"总是比白色更白"，它乃是出自"深不可测之物的基底"。① 对布朗肖来说，策兰诗层层加剧的语言的无机化见证了诗与外部即死亡、虚无、非人化的关系。

阿多诺也认为策兰诗的无机化已达至完成："［这些诗］模仿了无助的人类语言，甚至一切有机语言底下的一种语言：这乃是石头和星辰的无生命的言说。有机物的最后残余也被清除了……无生命的语言成了被剥夺了意义的死亡的最后安慰。"② 阿多诺的这个风格概括实际上未能切中晚期策兰对呼吸单元（生命最小单位）的探索，这对应着生命在死亡面前/之中/之后存在的可能性，换言之，无机化在策兰这里有积极意义，它不止于"安慰"。精神分析地看，无机化及死亡内在于生命的驱向。死亡，作为深不可测之物的基底，黑洞般牵引着策兰的词语，赋予其无可比拟的重量——此重量实则大过了荷尔德林、里尔克、特拉克尔、贝恩等经典德语诗人对死亡的承受，因为在策兰这里，死亡不仅指向我或他者的毁灭（犹太受难），死亡更是作为思想自希腊开端以来两千多年发展之尽头而出现的，它宣告的是某别样事物对思想的全面接管、覆盖。这陌异之物在海德格尔那里是技术，在阿伦特那里是庸常的恶，在策兰这里则对应任何浸透并支配此在的大写的强力（große Übermacht）（*GW* 3：161）。此强力，如策兰在 1948

---

① Maurice Blanchot, *A Voice from Elsewhere*, trans. Charlotte Mandell (Albany: SUNY Press, 2007), 57, 69.

② Adorno, *Aesthetic Theory*, 322.

第四章 黑暗接种者：晚期策兰的世界

年散文《爱德格·热内与梦中之梦》提到，能制造集体狂热、"陌生的死亡"（der fremde Tod），让"我们的脸很快变成紧握的拳头"（unser Gesicht schon die geballte Faust ist）（*GW* 3：160）。在一种弗洛伊德的意义上，策兰洞察了人类文明本身的诡异，它在升华力比多、形成社会联系的同时也压抑着破坏本能，此本能一旦被释放出来并加以操纵，则很可能引发灾难（例如反犹清洗）。

晚期策兰诗更加临近文化的坍塌、大地的不可栖居以及思考的严重受损状态。在如地质时间般层层掩盖的人类历史中，真相愈为难求，思想气息微弱。在《暗蚀》（*Eingedunkelt*，1966）时期的一首诗里，饱受精神病治疗之电击折磨的策兰写下①：

> 思想之奄奄一息，
> 哪怕在冰川草场，
> 也无证据

> Die Atemlosigkeiten des Denkens
> Auch auf den Gletschewiesen,
> ohne Beweis (*GW* 7：117)

死亡乃思想/言说的临终，此界限如一个黑洞的事件视界四面八方吸收策兰晚期诗的意象和词语，使之扭曲错裂。康纳利（Thomas Connolly）将此处"冰川草场"追溯到马拉美的冰川，它象征绝对

---

① 因战争创伤以及哥尔事件（法国诗人哥尔［Yvan Goll］遗孀数次公开指控策兰剽窃哥尔诗作）等原因，策兰从 20 世纪 50 年代后期开始精神不稳定，1965 年自杀未遂，住院接受精神治疗。关于策兰作品中"疯狂"之意义，详见 Derek Hillard, "Critical Moments: Paul Celan and Figurations of Madness," *Dissertation* (Indiana University, 2001)。

之诗、纯诗，但同时康纳利也指出，这个地质学合成词表达了勘察策兰诗学地表的困难①。冰川融化之后露出其运动过程中携带的岩石与草皮，无机物或死亡的覆盖下往往有生命迹象，但如此层层冰封之下的生命/思想已濒临灭绝（也是一种保存？），难以被读者甚至研究者读取。策兰暗示，临危的思想隔着层层的词语坚冰已不可能直接阅读了，它需要批判意识的溶解。然而，Atemlosigkeiten（无法呼吸）这个词已先行揭示二战期间犹太人在纳粹毒气室里窒息而死的事实，它标记了西方思想的生命之终结（或者说，思想被推向强力从而自行毁灭）。以布朗肖的方式，我们可以问：在怎样的诗句中，策兰才能更加"接近"死亡、更加临界？

博兴斯坦（Bernard Böschenstein）也看到策兰诗如何临向死亡界限："他的诗恰从死亡那里获得重心、意义与可读性。死亡，作为词语的磁铁，乃是语言的结构之极。"② 的确，策兰的重心在于勘定非存在、晦暗存在或不再存在之物，然而策兰对死亡的态度并非是单义的，也就是说，死亡这个"语言的结构之极"并不构成一个稳定的中心，虽然它使得策兰的文本可读，但死亡本身并不一定是可读的，死亡这个中心概念在策兰这里仍处于游戏，如一扇门把读者引向未知。这使得我们避免了把策兰仅仅当成一个"后奥斯维辛诗人"来看待，在"对抗死亡的砖石游戏"（das Klinkerspiel gegen den Tod）（*GW* 2: 59）也即诗之抛投中，策兰是把自己当作一个形而上思考者而非仅仅诗人来看待的，他更加关注死亡所打开的诡异/陌异可能性而非仅仅表达临终的恐惧，于是有以抛石头来延宕死亡的这场不乏惊险的写作游戏。在前述《思想之奄奄一息》最后一个诗节里，策兰说："我比你多一次死

---

① Thomas C. Connolly, *Paul Celan's Unfinished Poetics: Readings in the Sous-Oeuvre* (Cambridge: Legenda, 2018), 106.
② 引自 Lacoue-Labarthe, *Poetry as Experience*, 85.

亡/我曾死过,/是的,多一次"(Einen Tod mehr als du / bin ich gestorben, / ja, einen mehr)(*GW* 7: 117)。康纳利注意到此处言说者并非"不及物地"、被动地死去,细读之下,言说者欲求了自己的死(原文直译:"我比你多死过一次死"),于是这里的死者"既为施动也为受动者"。① 康纳利以为,"以死亡的角度言说,这观念不仅是一个诗学奇想",它更是"自柏拉图《斐多》以来的哲人之标志","诗人—哲人不仅从死亡中回返,他一直走在回到死亡的途中"。② 康纳利的解读有助于揭示晚期策兰诗如何召唤(同时也是抗拒)他的第二次死亡。

诗人萨克斯在 1960 年给策兰的信里说:"我们的内核属于死亡——生活帮了个忙,把我们击成碎片。"③ 与萨克斯类似,策兰也感到对死亡的归属,处在对死亡的幻觉记忆和重复召唤中,既"经过"了死亡,也走在"返向"死亡的途中,让死亡具有了诡异的时间性。在一首遗作里,策兰甚至写道:"此刻你/活过你的第二次/生命"(Jetzt / überlebst du dein zweites / Leben)(*GW* 7: 270)。在作于 1964 年、后收入《换气》的一首短诗里,策兰不无惊恐地回忆起弗洛伊德意义上的原初场景,它回溯地构建了一个完整的"我",也即诗人的"第一次生命":

> 当那白色向我们袭来,在夜里;
> 当从施舍罐里流出的
> 不只是水;
> 当剥掉皮的膝盖

---

① Connolly, *Paul Celan's Unfinished Poetics*, 109.
② Ibid.
③ Paul Celan and Nelly Sachs, *Correspondece*, trans. Christopher Clark (New York: Sheep Meadow Press, 1995), 22.

向祭钟暗示：飞！
那时
我仍是
完整的

Al uns das Weisse anfiel, nachts;
als aus dem Spendekrug mehr
kam als Wasser;
als das geschundene Knie
der Opferglocke den Wink gab：
Flieg! —
Da
war ich
noch ganz. (*GW* 2：41)

这首诗，如很多策兰晚期作品，固着于"我"与"我们"的临危时刻：在失去可见度的夜晚，一团不具形体的白色向我们袭来，这颜色既非已知（意外来袭），也非未知（我们认出了它：那白色），它似指集中营里迫害犹太人的德国纳粹的肤色，也指人在无可抗拒的危险面前的苍白失色，一种从体内扩散的惊惶[①]。例如策

---

① 在该诗草稿中，策兰写道："当从施舍罐里流出的/不只是水。当脓水/接着流出。/不只是脓水。当/大海也到来。"见 Paul Celan, *Breathturn into Timestead：The Collected Later Poetry*, trans. Pierre Joris (New York：Farrar, Straus and Giroux, 2014), 476. "脓水"似指向纳粹集中营里全身布满脓疮的"空壳人"，连纳粹士兵都惊讶于这些半死之人居然还有生命的迹象，这些有病、虚弱、"不适合劳动"的犯人往往是集中营里最先被杀死的，详见 Nikolaus Wachsmann, *KL：A History of the Nazi Concentration Camps* (New York：Farrar, Straus and Giroux, 2016), 244.

第四章 黑暗接种者：晚期策兰的世界

兰在1966年写下："乳酪白的脸/那人，朝我们扑来"（Käsig-wießes Gesicht / dessen, der über uns herfällt）（GW 3：144）①；"你脸周围是深渊/众深渊，灰又蓝/那歌唱者，成熟了/你，白而模糊"（Um dein gesicht die Tiefen, die Tiefen blau und grau, / das Singende, Gereifte — / du weiß-und-ungenau）（GW 7：115）②。这些与威胁和无意识相连的白色，不断将阅读意识返向奥斯维辛、布痕瓦尔德和达豪集中营对生命的突袭，返向那不断破坏此在之基底的深渊般力量，这些力量浸没了作为个体的自我，使其丧失特征（"你，白而模糊"）。该诗随后的细节召唤了犹太人出埃及这一神圣暴力场景：mehr（不只是）在德语里与Meer（大海）同音，"当从施舍罐里流出的/不只是水"也可以读作"当从施舍罐里/大海如水注出"，而同时，因久跪或折磨已被剥掉皮的膝盖对"祭钟"（Opferglocke：祭祀的钟点）发出最后的"飞"的暗示，宣布生死大限将至。"那时/我仍是/完整的"：这个反思的可怕之处就在于那被献祭的并不是别的，正是言说者自己或他自己的完整性。

于是我们能理解，策兰为什么把于1966年在巴黎精神病院所作的一系列诗稿命名为《夜之断章》（Nachtstück）③，这是一种出

---

① 康纳利把策兰的"乳酪白的脸"联系到《圣经·但以理书》里伯沙撒王（King Belshazzar）看到预言其身亡以及王朝覆灭的"墙上的书写"（Mene, Mene, Tekel, Parsin）时的惊惶变色："当时，忽有人的指头显出，在王宫与灯台相对的粉墙上写字。王看见写字的指头，就变了脸色，心意惊惶……王的一切哲士都进来，却不能读那文字，也不能把讲解告诉王。伯沙撒王就甚惊惶，脸色改变，他的大臣也都惊奇"（5章5—9节）。借由本雅明的暴力批判，康纳利认为策兰把奥斯维辛转写入了《圣经》里只能在黑暗中被神秘解读的神圣暴力，详见Connolly, *Paul Celan's Unfinished Poetics*, 168 - 182. 策兰原诗见GW 3：144；中译见策兰：《暗蚀》，第13—15页。
② 全诗见GW 7：115；中译见策兰：《暗蚀》，第33页。
③ 见策兰：《暗蚀》，第94—177页。

自黑暗事物的断片式言说，而断片与碎片的区别就在于，断片在赫拉克利特的意义上是完整的，它试图去把握总体，而碎片则放弃了对总体的把握。《夜之断章》这个标题取自德国浪漫主义作家霍夫曼（E. T. A. Hoffman）于1817年出版的故事集，其中收录了一个流传颇广的具有异乎寻常心理能量的故事《睡魔》（"Der Sandmann"）。仿佛出自命运，故事主角纳撒尼尔（Nathanael）多次遭遇在童年想象中迫害他的"睡魔"，他受尽恐惧折磨，无法分辨现实与幻觉，最后失去理智，谋杀未婚妻未遂后从高塔坠落身亡，高喊着"火圈！旋转吧！火圈！旋转！"① 弗洛伊德1919年的《论诡异》（"Das Unheimliche"）正是围绕这个故事来构建"诡异"这个概念，弗洛伊德将纳撒尼尔被幻想之睡魔挖掉眼睛的恐惧解读为儿童的阉割焦虑；此外，"诡异"的另一个层面是无生机之物（例如《睡魔》里纳撒尼尔一度迷恋的玩偶美人奥林匹娅）被激活，变得有生命，具有语言，可以独立活动。②

　　策兰对这个故事以及弗洛伊德的诡异论述应该都很熟悉，实际上，策兰于布科维纳时期写过一首《睡魔》（"Der Sandmann"）："安静吧：我如一缕缕雨水里/夜风的到来，/脚步无声而轻柔/引你入梦乡"（GW 6：26）③。成熟时期的策兰诗作中大量出现的夜与梦的诡异场景、幽灵侵袭、被移置地脱离了身体的眼睛以及思

---

① E. T. A. Hoffmann, *Tales*, ed. Victor Lange (New York: Continnum, 1982), 308.

② Sigmund Freud, "The Uncanny." *The Standard Edition of the Complete Psychological Works of Sigmund Freud: Volume* 17, eds. James Strachey et al. (London: Hogarth, 1981), 231, 233.

③ Stille: ich komm wie der Nachtwind / kommt auf den Regenschnüren, / mit Schritten, die lautlos und sacht sind, / euch unter die Träume zu führen. (*GW* 6：26)

第四章 黑暗接种者：晚期策兰的世界

想的人工状态，都呼应了《睡魔》里来自人类自身的分裂能量对精神的惊扰以至毁灭。策兰与故事主角纳撒尼尔之间的相似性更显得诡异：1965年，策兰同样精神失常，刺杀妻子吉赛尔（Gisèle Lestrange）未遂，1970年，策兰也是从高处跃入塞纳河自尽。此外，策兰在《子午线》演讲词里强调了艺术的模仿与傀儡性（die Affengestalt, die Automaten）、艺术始终保持的"某样惊悚的东西"（etwas Unheimliches），以及诗作为一种艺术，总是带着某种自我遗忘走向"那诡异者与陌生者"（jenem Unheimlichen und Fremden）（*GW* 3：192, 193）等。可以说，从理论上召唤毕希纳、克莱斯特、马拉美、弗洛伊德之后，策兰的《子午线》也时时回响着《睡魔》中的创伤性欲望、那来自分裂之精神深处难以和解、难以抗拒的驱动力："诗欲望一个他者，它需要这个他者，它需要一个对立面。它把它找出来，把自己归给它"（*GW* 3：198）①。

策兰诗的诡异/陌异倾向很自然被联系到弗洛伊德精神分析理论，实际上，研究者对《子午线》所涉及的陌异性②、策兰诗的整个"弗洛伊德构型"③、策兰诗之陌异性如何铭写犹太大屠杀的陌异性（种族灭绝如何诡异地进行，纳粹有怎样晦暗的动机）等论题都有深入探讨④。策兰似乎成了理论的试金石，我们讨论其诗作与《子午线》里Unheimliche这一概念时，会发现自己置身于一个

---

① Das Gedicht will zu einem Andern, es braucht dieses Andere, es braucht ein Gegenüber. Es sucht es auf, es spricht sich ihm zu. (*GW* 3：198)
② Del Caro, "Paul Celan's Uncanny Speech," 211–224; Derrida, *Sovereignties in Question*, 108–34; Esther Cameron, *Western Art and Jewish Presence in the Work of Paul Celan: Roots and Ramifications of the "Meridian" Speech* (New York: Lexington, 2014), 79–95.
③ Rainer Nägele, "Paul Celan: Configurations of Freud." *Reading after Freud: Essays on Hölderlin, Habermas, Nietzsche, Brecht, Celan, and Freud* (New York: Columbia University Press, 1987), 135–168.
④ Kligerman, *Sites of the Uncanny*, chapter 1, 2.

巨大的回声室，各种精神分析-哲学理论（弗洛伊德、拉康、创伤理论、海德格尔）在里面相互映射。策兰研究的这种现状本身就是诡异的，它表明众多阅读意识在犹太大屠杀的 Unheimliche 这个被马歇莱恩（Anneleen Masschelein）称之为的"非概念"（unconcept）的内部震荡①，然而这仍无法避免将策兰读作一个后奥斯维辛的犹太诗人。诚然，这些理论问题构成了讨论策兰诗学与更普遍意义上的后奥斯维辛之陌异艺术的基本框架和出发点，但我们首要的问题是：诡异在策兰诗里是怎样的状态？何为诡异？何为死亡？

在作于 1967 年、后收入《光之逼迫》的一首诗里，策兰描述了"他"（诗人的另一个"我"）与夜晚的合为一体的诡秘关系：

> 那夜晚骑上他，他苏醒过来，
> 孤儿罩衫是他的旗，
> 再不乱奔了，
> 它骑着他直向前——
> 它仿佛，它仿佛橘子站在女贞树上，
> 仿佛这被骑者一丝不挂
> 除了他原初的
> 胎记般打上
> 秘密斑点的
> 皮肤。

Ihn ritt die Nacht, er war zu sich gekommen,

---

① Anneleen Masschelein, *The Unconcept: The Freudian Uncanny in Late-Twentieth-Century Theory* (Albany: SUNY Press, 2011), 7 - 11.

第四章　黑暗接种者：晚期策兰的世界

  der Waisenkittel war die Fahn,

  kein Irrlauf mehr,

  es ritt ihn grad —

  Es ist, es ist, als stünden im Liguster die Orangen,

  als hätt der so Gerittene nichts an

  als seine

  erste

  muttermalige, ge-

  heimnisgesprenkelte

  Haut.（GW 2：234）

  这首诗看似复活了早期策兰作品里常见的宗教战争主题（参见第二章对《荒野之歌》的讨论），但它的暴力与疯狂以更加侧面的方式给出，"旗帜"（Fahn）在这里完全可以是一个生存之战斗的提示而无需指向任何战争。一开始，该诗就显得诡异，一个无名的"他"本处于睡眠或昏迷的无意识状态，被"那夜晚"骑上之后奇迹般"苏醒"，这里 zu sich gekommen 也指"恢复意识"、"成为自己"。此夜晚既可能指 1938 年德国纳粹全面攻击犹太人的"水晶之夜"，也唤起了 1942 年间策兰在外躲藏、回家后发现父母已被遣送、家门被封的那个"孤儿之夜"①。无论如何，这夜晚强有力地凌驾着他，将他减缩为一个工具性存在。然而更诡异地，夜晚骑上他就"再不乱奔了"，一方面表明他已被这夜晚完全主宰，另一方面，他和夜晚结为一体后突然明确了两者之共同方向，于是有"它骑着他直向前"。迷途（Irrlauf）的消除宣示诗人对夜晚之方向的认领，这乃是从乱奔中的一次"清醒"或"正觉"，同时也

---

① Chalfen, *Paul Celan*, 147.

是对难以穿透的命运的猛然领受。总的来看，这"孤儿骑士"的被动苏醒和被驱策之命运还只遥远地呼应诗人作为灾难幸存者的角色，更直接地，我们看到的是某种与《睡魔》的情节类似、被颠倒的本我与自我的动力关系：本我（Es）骑在自我（Ich）上面。

这共属一体的骑行在策兰早先的《带着酒和失落》("Bei Wein und Verlorenheit") 一诗里也出现过："我骑过了雪，你听见吗/我骑着上帝去远方——近了，他唱到，/这是我们/最后一次跨过/人类栅栏"（ich ritt durch den Schnee, hörst du, / ich ritt Gott in die Ferne – die Nähe, er sang, / es war / unser letzter Ritt über / die Menschen-Hürden）（GW 1：213）。此时言说者骑行经过积雪的寒冷区域（如前所述，策兰诗里的"雪"乃是无机/死亡的一个标记），而此刻驱使"我"行进的正是上帝/信仰，它怪诞地具身化为我的马。这神圣之马把我带至"远方"（die Ferne）的同时也诡异地让我处于"近处"（die Nähe）①，于是，我与上帝进入既近又远的合二为一的神秘主义关系，言说者称"我"和上帝为"我们"，不仅把自己归在神的名下，更准确地说，是把神骑在自己身下以（亵渎地）占有至高者。接着，诗人让上帝唱出我与他共谋的事业："这是我们/最后一次跨过/人类栅栏"。以尼采的口吻，并借助上帝之力，言说者能够越过"人类栅栏"这个马术障碍物（这也暗示，如果要"去远方"，那么人性就是一个需要不断被超越的阻碍）。über die Menschen-Hürden 这个短语里回荡着尼采的"超人"（Übermensch），但策兰并没有把这个骑手归于尼采所呼吁

---

① "切近"往往被策兰注入一种惊悚氛围："我们近了，主啊，/近了，能被抓住了……祷告吧，主啊，/向我们祷告/我们近了"（Nah sind wir Herr, / nahe und greifbar ... Bete, Herr, bete zu uns, wir sind nah）；"你如此近，仿佛你并不在此停留"（Du bist so nah, als weiltest du nicht hier）（GW 1：163, 61）。

第四章 黑暗接种者：晚期策兰的世界

的创造新价值的人，对人类栅栏的跨越也仅是一次风格练习，言说者仍停留于雪的领域，而"最后一次"则意味着诗人永远告别了太过人性的东西。

从精神分析角度看，策兰的骑手意象极可能取材于弗洛伊德关于本我（Es）与自我（Ich）的理论，然而策兰颠倒了两者的关系以放大某种推动自我且不随死亡而终止的驱力（Trieb）。策兰呈现了驱力所造成的自我分裂，诗人在防御焦虑的过程中孵生或裂解出了自身的复本（"你""他""我们"），这些非实体化的镜像人称破坏了自我的综合功能，在折射犹太大屠杀的同时，也让透入人类精神深层的未知力量获得某种表达。我们知道，在《自我与本我》（1923）中，弗洛伊德正是以骑手与马的关系来比喻自我与本我：

> 自我的功能上的重要性表现这一点上，即正常情况下，对能动性的主宰（Herrschaft über die Zugänge zur Motilität）被移交给了自我。这样，在它与本我的关系中，自我如骑手，必须勒住马的优势力量，所不同的是，骑手试图用自己的力量，而自我则用借来的力量。这个类比可进一步引申。假如骑手没有被马甩掉，他常不得不引它走向它要去的地方（dahin zu führen, wohin er gehen will）。同样，自我习惯于把本我的意愿（Willen des Es）转变为行动，仿佛这是它自己的意愿。①

本我（Es）这个概念是弗洛伊德从德国精神病学家格罗代克（Georg Groddeck）那里借来的，后者认为"我们称之为自我的那个东西在生命中本质上是被动地行动的"，"那些未知的无法控制

---

① Sigmund Freud, *Gesammelte Werke* (Köln: Anaconda, 2014), 845. 中译见弗洛伊德：《弗洛伊德后期著作选》，林尘、张唤民、陈伟奇 译，上海：上海译文出版社，2005 年，第 176 页。译文有改动。

的力量借我们活着"（wir "gelebt" werden von unbekannten, unbeherrschbaren Mächten）①。弗洛伊德接受了格罗代克的被动调适性自我的观点，将知觉系统中靠近前意识的那一部分称为自我，将以无意识方式行事的心理的其余部分称为本我。根据弗洛伊德，自我只是本我为应付现实原则而从它分化的一个结构，其动力源自本我，自我的"一"或主宰（Herrschaft）仅在于它对本我、超我及外部世界的调解。然而出于这三方胁迫，自我往往无法完成综合，反而趋于分裂或症状化。把"本我的意愿"转变为行为时，自我也在无意识抵抗这些意愿并试着把它们合法化。秉着自我本质上受本我推动的观点，弗洛伊德在1933年《精神分析新论》里强调："本我在哪里，自我也将去那里"（Wo Es war, soll Ich werden）②。自我不再引导本我走向它要去的地方，自我直接就在那里生成。拉康在1964年《精神分析的四个基本概念》里进一步引申Wo Es war, soll Ich werden，他认为弗洛伊德想说的是："在这里，在梦的领域，你感觉在家。本我在哪里，自我也将去那里。"③ 例如古代诸神常于梦中托信，恰在梦的象征与符号网络中，某样东西被捕获了，某种命运被认领了，主体乃是从本我所在之处即真实域（梦里）诞生的。④

策兰《那夜晚骑上他》一诗后半部分将本我的精神分析伦理推入一个高潮。言说者对"他"被夜晚骑着这一场景十分惊讶，

---

① Sigmund Freud, *Gesammelte Werke* (Köln: Anaconda, 2014), 843.
② Sigmund Freud, *New Introductory Lectures on Psycho-Analysis. The Standard Edition of the Complete Psychological Works of Sigmund Freud: Volume 22*, eds. James Strachey et al. (London: Hogarth, 1981), 80.
③ Jacques Lacan, *The Seminar of Jacques Lacan, Book XI: The Four Fundamental Concepts of Psychoanalysis*, trans. Alan Sheridan (New York: Norton, 1998), 44.
④ Ibid., 45.

以至于结巴起来:"它仿佛,它仿佛"(Es ist, es ist),这结巴之言无意中道出了本我/它/夜晚(Es)之在:"它"不仅在,而且驾驭了这孤儿。换句话说,主体已醒来,命运已被认领。策兰接着给出一个颇可玩味的字谜式意象"橘子站在女贞树上"来比喻骑手和被骑者的关系。此植物学上的不可能暗示这也许出自梦的场景,如弗洛伊德的"狼人"做梦看见狼坐在树上,因为一般情况下,橘子不会"站在"女贞树上。"站"(stünden)这虚拟动作暗示夜晚似乎怪诞地直立在被骑者身上。女贞树是一种开白花的常绿灌木,可用作藩篱,如果放一个橘子在上面会立刻显出二者的差别。于是被骑者与夜晚的合为一体、共同前行的关系,在精神分析看来,不过是一种主体拼贴,一个蒙太奇或齐泽克称之为的歧异(disparity):"歧异指向这样一个整体,它的各部分互不协调,这整体看上去也就像人造的,其有机联系被永远毁坏了。"齐泽克认为这种虚假整体里"其实只有一个元素及其空缺(由该元素所缺少的东西形成的空白,即与该元素相对称的东西),第二个元素不过是填补此空白的异质入侵者"。[①] 策兰诗里不可见的夜晚对"他"的动用,如此观之,不过填补了夜晚所缺少的能动性,而同时"他"也认领了作为一个异质入侵者的命运即成为黑暗之力的填补,哪怕在一种毫无指望的意义上:

> 仿佛这被骑者一丝不挂
> 除了他原初的
> 胎记般打上
> 秘密斑点的
> 皮肤。

---

① Slavoj Žižek, *Disparity* (London: Bloomsbury, 2016), 10-11.

被骑者布满秘密斑点的皮肤（geheimnisgesprenkelte Haut）暴露了他与夜晚的原始联盟，虽然他与夜晚是全然异质的存在，正如在弗洛伊德话语中，自我虽从本我分化而来，却不可化约为本我，这两者组成的仍是一个非有机的绝望的整体。这些暗示不洁与疾病的斑点似从母体遗传而来，要么是秘密地印上去的，要么隐藏着某种秘密，或者，这斑点也可以是夜晚或本我之神秘（Geheimnis）播撒、污染的结果。例如在另一处，策兰写道："那唯一的奥秘/总是混入词语"（Das Eine Geheimnis / mischt sich für immer ins Wort）（GW 2：146）。这混入词语或肉身的"唯一的奥秘"（能解释生命与死亡的"钥匙的权力"）如黑暗斑点一样不可抹除地标记着策兰的诗。

策兰后期作品里，死亡与某个比死亡更甚的东西处在游戏中，以致死亡跨越了自身边界而进入诡异，诗人似乎更关注死亡的"制作"，他写于1967年的两个断片指向死亡的作品："有一次，死亡奔涌而来，/你躲在我身上"（Einmal, der Tod hatte Zulauf, / verbargst du dich in mir）以及"你曾是我的死：/你，我还能抓住/当一切从我这里滑落"（Du warst mein Tod: / dich konnte ich halten, / während mir alles entfiel）（GW 2：249，166）。这两个断片都自足地包含了死亡对于生存的至高意义。"有一次，死亡奔涌而来"首先道出死亡的惊恐："有一次"（Einmal），这童话般反讽的"有一次"可以指历史上任何一次（无数次）战争、反犹清洗，那时死神如纳粹般四处奔袭，zulaufen：快速奔跑。然而hatt Zulauf字面上指"某样东西需求巨大"，那么这句诗也可读作："有一次，死亡门庭若市"，此时，死亡变成某种狂热的批量制造，不可遏制。如果死亡对于人类根本上是陌生的，即我们不可能拥有对死亡的知识，那么此时，死亡变得诡异，因为人们恰好掌握了

第四章　黑暗接种者：晚期策兰的世界

死亡的技艺，懂得如何制造它，似乎给予死亡就克服了死亡，就相当于获得第二次生命。死神知道了人类对它的需求之后大肆奔袭以满足此需求，然而这人造的死亡对于受害者来说却变得双重陌生，不可追问。于此危急时分，策兰回忆道，"你躲在我身上"，准确地说，是躲在"我里面"（in mir）。作诗的第一人称"我"成为临危的庇护，诗的黑暗既保护了回忆者也庇护了被回忆的事物。

策兰的第二个断片从相反方向揭示死亡的功用：诗人把"你"等同为"我的死亡"或"我的死者"，这使本来无形体的死亡概念具有了个体性。此处"你"很可能指策兰的妻子吉赛尔，策兰于1967年3月10日，也就是写这首诗的当天收到吉赛尔来信，她在信里称自己也面临精神崩溃，无法去看望策兰。① 策兰精神失常后曾刺杀吉赛尔，两人于1967年分居，所以"你曾是我的死"似乎也指策兰谵妄中的弑妻之举，这无疑是一次死亡的诱惑，一次失败的献祭。然而超越传记的因素，我们首先看到言说者如何在绝望中想要紧紧抓住死亡本身，此刻死亡失去了它的可怕而变得可欲望，因为某种更甚于死的东西出现了，这就是"一切从我这里滑落"（mir alles entfiel）这个事实。"我"失去一切，在绝对的孤独里，在万物坠落的虚空中，"我"什么也抓不住，除了死亡。死似是逃出虚无之拷问的唯一可能，虽然它并不结束虚无。在此，策兰呼应了波德莱尔的《穷人之死》（"La Mort des Pauvres"）："是死亡慰藉着人，啊！死亡让人活着；/它是生命的目标，唯一的希望/如上头的琼浆，让我们迷狂，/给我们步入夜晚的勇气。"②

---

① Celan, *Breathturn into Timestead*, 522.
② C'est la Mort qui console, hélas! et qui fait vivre; / C'est le but de la vie, et c'est le seul espoir / Qui, comme un élixir, nous monte et nous enivre, / Et nous donne le coeur de marcher jusqu'au soir. Baudelaire, *Selected Poems*, 133.

策兰没有像波德莱尔那样为亡者摆设一个天堂，相反，在急难中，策兰认为，死亡倒是一种庇护，让言说者逃脱那更可怕之物的威胁：一种什么也抓不住却不可终结的生命。这相似于在太空里带着意识永恒地旋转，人类意识被迫遵循纯粹的物理定律，这乃是一件比死亡更诡异的事。

精神分析中的"死亡驱力"概念为我们理解策兰诗的源动力提供一个方向。在弗洛伊德看来，死亡不只是生命的终结，它本质上是一种驱动，生命靠它活着。弗洛伊德在1940年《精神分析纲要》里把本我之需求性张力（Bedürfnissspannungen）所引致的力量称为驱力（Triebe），它"代表了灵魂的躯体性需求"。驱力虽然是各种人类活动的终极原因，它们本质上却是"保守的"（konservativ），总是试图恢复机体先前已达到的状态。在众多驱力之中，弗洛伊德归纳两种基本驱力：爱欲（Eros）与毁灭驱力（Destruktiontrieb）。前者的任务是在生命体之间建立联系，形成更大的整体，后者则是解散联结，将生命体"转送"（überführen）回无机状态，所以也被称为"死亡驱力"，它对生命体施加返回早先无生命态的压力。弗洛伊德认为这两种力的共同（并对立）运作制造出一切生命现象，哪怕在无机界，基本驱力也可等同为吸引（Anziehung）与排斥（Abstossung），这二者的对抗同样统治着无生命的世界。①

理解"死亡驱力"的关键在于，它并不像这个名称宣布的那样专注于暴力和毁灭，从概念上看，它是一种非生物学意义上的恒常推动。拉康认为，"它既不识日夜也不认季节，既不加强也不减弱。它是一股恒常之力。"② 如果这个驱力仅在生物体内部运行，

---

① Freud, *Gesammelte Werke*, 951-952.
② Lacan, *The Seminar of Jacques Lacan*, Book XI, 165.

弗洛伊德认为，它将保持为"无声的"（stumm），我们感觉到它的时候，它已经"作为毁灭驱力"而出现，例如个体的保存总是需要毁灭别的东西，例如食物①。但死亡驱力并非总是毁灭，它只是表现为毁灭；在早些时候，例如1925年的《超越快乐原则》里，弗洛伊德把死亡驱力等同为"自我驱力"②。所以，死亡驱力其实是一种隐蔽运行的、使"我"能够保持自身、同时也悖论地把"我"引向本已死亡的基础力量。如果一切生命体已包含解体的趋势，那么弗洛伊德有理由认为"一切生命体的死亡，即回返到无机态，都是出于内在的原因"。呼应着波德莱尔，弗洛伊德宣称："我们可以说，所有生命的目标即是死亡。"③ 关于死亡驱力的如此看法并不与生命的自我保存相矛盾，生命体正是通过避免危险来保证能以自己的方式到达死亡。

策兰对这套理论并不陌生，他在《子午线》手稿里摘抄了《超越快乐原则》里的关键句子"生命返回无机态的原始驱力"④，他也许从弗洛伊德那里看到了生命最黑暗的欲望：它（周折地）欲望死亡，也许我们意识不到也难以接受这一点，但只有死亡才能最深地满足生命。这为理解策兰后期诗里循环往复的力量给出一种可能，这些力量还不仅仅是自然的（生物学、生理学、物理学），但也非超自然的（神秘主义），它们无声息地作用于人的灵魂、精神和肉体，在里面寻求满足。策兰甚至把自己的自杀也归于这魔鬼式力量："解脱了魔鬼，此刻。/四面来风。/那些力量，清醒过来，/缝好了肺。/血液回落"（Entteufelter Nu. / Alle Winde,

---

① Freud, *Gesammelte Werke*, 953.
② Sigmund Freud, *Beyond the Pleasure Principle. The Penguin Freud Reader*, ed. Adam Phillips (London: Penguin, 2006), 173.
③ Ibid., 166.
④ Celan, *The Meridian*, 100.

/ Die Gewalten, ernüchtert, / nähn den Lungenstich zu. / Das Blut stürzt in sich zurück）(*GW* 2：163)。驱使诗人于迷狂之中刺穿自己肺部（本来是刺向心脏）的那些统治之力，清醒后又忙于自我维护，缝好伤口，使偾张的血脉恢复正常。"血液回落"表明驱力获得破坏性满足后，狂热被平息，机体回归正常。致死的力量同时也是救活的力量，身体不过是它们的战场、遗迹，它们撕裂身体，又缝合它。同时期另一首诗里，策兰也如旁观者观察这诡异的黑暗的疗救，似在目睹驱力运作："黑暗接种者，在/环绕伤口的/毫不偏移的圆轨上/针头般/超越数字与非数字/如信使，不知疲倦"(Die Dunkel-Impflinge, auf / ihrer unbeirrbaren Kreisbahn / rund um die Wunde, / nadelig, / jenseits von Zahl und Unzahl, / auf Botengang, unermüdlich) (*GW* 2：148)。这些"黑暗接种者"把黑暗（Dunkel）像疫苗一样注射入肉身/词语，仿佛接种了黑暗就能免疫于黑暗或具有黑暗的能量/视域。如前诗里自动缝合伤口的"力量"，这些针头般的接种者环绕诗人之伤，沿圆形轨道（Kreisbahn）注射黑暗疫苗。它们"超越数字与非数字"，也即它们不可以数字（Zahl）计量，但也非大量得无以计数（Unzahl），总之，它们不处于数的范畴，既非一，也非多，乃是一些"无命运者"。这些诡异的无命运的黑暗接种者本身也处在盲目中，如卡夫卡笔下的信使不知疲倦地执行晦暗的差事（auf Botengang）。

在晚期诗里，策兰一方面关注驱力在身体上的运行，另一方面也把它放大至宇宙尺度以凸显某种惊骇的统治力——这力量的诡异恰在于它并非出自自然，但也并不是人为：

> 我们已躺在
> 丛林深处，当你
> 终于爬过来。

第四章 黑暗接种者：晚期策兰的世界

> 然而我们无法
> 向你遮黑而去：
> 光之逼迫
> 在此主宰。

> Wir lagen
> schon tief in der Macchia, als du
> endlich herankrochst.
> Doch konnten wir nicht
> hinüberdunkeln zu dir:
> es herrschte
> Lichtzwang. (*GW* 2: 234)

Macchia 在意大利语里有"丛林""污迹"之意，于是"我们已躺在/丛林深处"也可读作"我们已深深/躺卧于那污迹"。策兰这个词意在双关"我们"的黑暗处境，而"躺"（lagen）则表明言说者已丧失能动性或畏惧于行动（它同时也唤起 Lager：营地，Konzentrationslager：集中营）。这"终于爬过来"（endlich herankrochst）的另一人，与我们似为盟友关系，然而德语动词 kriechen 的首要含义是"动物躯体贴着地面缓慢爬行"，不出意料，kriechen 正是卡夫卡在小说《变形记》里描述格里高（Gregor Samsa）爬行的那个词。"格里高开始做一些运动，在房间里爬上爬下（kroch im Zimmer auf und ab）"，因不擅于像动物一样蠕行，格里高身体受伤流血，同样在白色门上留下了"难看的污迹"（hässliche Flecken）。① 这个卡夫卡的文本痕迹使策兰诗里的"你"

---

① Franz Kafka, *Gesammelte Werke* (Köln: Anaconda, 2012), 86, 85.

和"我们"同处格里高般的难以声张的被污境况。"然而我们无法/向你遮黑而去（hinüberdunkeln）"表明身处丛林/污迹中的我们本是有黑暗能力的，我们能遮蔽事物（dunkeln），提供庇护、光晕与中介，但此时无法这样做，因更强大的力在此统治着，此即"光之逼迫"（Lichtzwang），它如一只普遍而抽象的邪恶之眼，穿透了一切人为的遮蔽。

　　Zwang 在精神分析中指"强迫"，一种由焦虑引发的重复性神经症。"光之强迫"意味着这照见污迹/丛林深处的诡异之光不再是自然之光，否则它不会令"我们"失能于躺卧，同时它也非某种人造物（舆论、聚光灯、探照灯），否则它难享有至高统治。无论如何，策兰暗示某种我们无法抗拒的驱力及其代理时时主宰世界——它处于自然与超自然、存在与非存在之间，超乎观念设定，却未完全实体化、物化。在任何一场现代战争之交叉火力中，在德累斯顿、广岛、长崎，人类都目睹了高悬头顶的神一般的"光之逼迫"，此时无声的死亡驱力踏出人的身体，汇聚在被过度照亮的夜空，成为人类自己不再认识的死亡天使。策兰晚期诗中，统治着人类并写下世界历史的不再是属人的力量，它也许源自无限者、无意识或神秘的"一"，一个"太阳般遥远"却不断抛投并分解"我们"之同一体的力量：

　　　　那是一个
　　　　把我们抛掷到一起
　　　　使我们相互惊恐的
　　　　巨石世界，太阳般遥远，
　　　　哼着。

　　　　Was uns

zusammenwarf,
schrickt auseinander,
ein Weltstein, sonnenfern,
summt. (*GW* 2: 246)

天空的尺度

进入策兰后期诗的另一个方式是重新打开他与海德格尔以及荷尔德林的关系或者非关系,这将策兰诗作定位于对"世界之为世界"的重写——"巨石世界"(Weltstein)这个词里回响着海德格尔的"石头无世界"(Der Stein ist weltlos)①,但石头未必不能构成一个世界,而且,它还"哼着",可见那世界内陌异地存有某种意志或生命。我们将看到,策兰诗整体上运行在一个被转变了的存在论视野内,他虽延续了海德格尔-荷尔德林之于神性、天空、大地、终有一死者的倾注,却不遗余力地(同时也颇为怪异地)挖空了诗之于历史的奠基,从而走向荷尔德林与海德格尔并未思及的"此岸—彼岸"(Diesseits—Jenseits)之间的快速来回穿行。万物虽可见,却失去了自身同一性而双重化起来,可见的未必可读:"这世界/已不可读。万物生出复本"(Unlesbarkeit dieser / Welt. Alles doppelt)(*GW* 2: 338)。

从《换气》始,策兰后期诗中每一首都写向某种绝境,穿梭于世界与非世界、物理空间与文本空间,如果连续地读,它们确实显出海德格尔在《艺术作品的起源》(1935—1936)里所言的

---

① Martin Heidegger, *Holzwege* (Frankfurt am Main: Vittorio Klostermann, 2015), 31.

"阴森惊人"(ungeheure)的品质。20世纪30年代,海德格尔把艺术的能量思为一种冲力(Stoß):当艺术作品"愈孤独地持立于自身形态,愈纯粹地显得解脱了与人的所有关联",作品自身所是的那力量就"愈纯粹地进入敞开域",从而"阴森惊人之物就愈本质地被冲开,而以往熟悉的存在者都被冲翻"。[1] 哲人提醒我们,此处"冲撞"一说并不带有暴力意味,在他谈论的梵高画作、希腊神庙、麦耶尔诗等作品中,并非有一种暴力在观者这里起作用。不如说,借由对作品的沉思,我们被移离或神迷(entrückt)入了敞开之境,此刻,通常识见被打破,熟悉之物纷纷脱落,我们置身于正发生着的真理事件,也即存在的去蔽。另一方面,海德格尔强调的"阴森惊人之物"——在早一些的《存在与时间》(1927)里,它被思为此在于"畏"即焦虑不安面前的失家状态(Unheimlichkeit)[2]——也一同揭开了艺术作品带来的大地与世界的"争执"。通过这场自行锁闭的承载者(大地)与意义开启者(世界)的争执,通过对此争执的言说(sagen),"一个民族的世界历史性地展开出来"。[3]

策兰对艺术以及作诗的思考很大程度上汲取了海德格尔对大地与世界之争执的论述,这也对应了真理乃是异化之结果的黑格尔观点。实际上,策兰早在阅读海氏之先就具备进入存在整体的深渊意识,策兰对何为"畏"、何为"陌异"以及特拉克尔所言的"灵魂,大地上的异乡者"(Es ist die Seele ein Fremdes auf Erden)[4] 都有着动人心魄的经历。作为一个犹太人,他于二战时

---

[1] Martin Heidegger, *Holzwege*, 54. 中译见海德格尔:《林中路》,孙周兴译,上海:上海译文出版社,2004年,第54页。
[2] Martin Heidegger, *Sein und Zeit* (Tübingen: Max Niemeyer, 2006), 189.
[3] 海德格尔:《林中路》,第62页。
[4] 引自 Heidegger, *Unterwegs zur Sprache*, 35.

期一路危险地穿越布科维纳、布加勒斯特、维也纳等多个边境直到巴黎,与其说逃生,不如说被抛向一种注定的陌生命运:"跟着我们这些/四处被抛挤,却/仍在赶路的人:/唯一/未受伤害/不可剥夺的/暴动的/忧伤"(GW 3:151)①。"陌异"之于策兰已不再是某种哲学或理论,它实际地构成诗人生活和写作的基本视域,甚至向上站立的暴动(aufständische)之物。已被冲开并蔓延的鬼蜮感在策兰生命中无可挽回地发生了,诗人更像死亡的作品而非某个"存在的牧者"② 或世界历史的展开者,他要看守的是一个更幽深的源泉。1948年,策兰刚到巴黎时写下:"你将对异乡人道说"(Du sollst zur Fremden sagen);1970年,策兰离世前不久写下:"那陌异者/把我们套入网/无头绪的世事变幻/伸手穿透了我们"(Das Fremde / hat uns im Netz, / die Vergänglichkeit greift / ratlos durch uns hindurch)(GW 1:46;3:113)。陌异之物从诗为之言说的对象转变为将言说者网入其中的界限,在此罗网里,唯独时间的腐蚀性无尽地无意义地穿透了没有出路的"我们"——策兰想象的对话者,无出路的幸存者。在此,海德格尔的"敞开""澄明"等开放性比喻变成了封闭、界限的比喻,时间的陌异性(时间的源始绽出)变成了无助而陌生的时间(被 Vergänglichkeit 即"倏忽"抓住并穿透)。

海德格尔在后来的《诗人何为?》(1946)里阐释里尔克诗句

---

① Mit uns, den / Umhergeworfenen, dennoch / Fahrenden: / der eine / unversehrte, / nicht usurpierbare, / aufständische / Gram. (GW 3:151)
② 策兰在1959年9月写给巴赫曼(Ingeborg Bachmann)的信中说:"上帝知道,我也不是什么'存在的牧者'"(Ich bin auch, wieß Gott, kein "Hirte des Seins")。策兰在海德格尔《路标》一书中《关于人道主义的通信》的"人是存在的牧者"这句话旁做了标记。同年,策兰和巴赫曼都谢绝了为海德格尔七十岁生日献诗。详见 Paul Celan and Ingeborg Bachmann, *Heizzeit: Der Briefwechsel*, eds. Bertrand Badiou et al. (Frankfurt am Main: Suhrkamp, 2008), 121.

时谈到的"不受庇护者"(Schutzlossein)、"不可见"(Unsichtbare)以及"内在"(Innere)等概念,对策兰来说,也都只是为他自己的诗学计划提供某种"理论依据",某种"生存筹划"。策兰在诗里穿越了海氏一再逗留甚至在现实中误认的东西——德意志民族主义、存在之急迫的伟大决断。策兰在《子午线》演讲词里援引存在学词汇,似乎更多地为他在德国听众面前谈论诗和艺术提供某种反讽的支点。策兰对海德格尔三十年代带有强烈国家社会主义倾向的哲学不可能不抗拒,例如在 1933 年著名的《德国大学的自我主张》结尾,海德格尔引用柏拉图名言:"一切伟大事物都站立在风暴中"(Alles Große steht im Sturm)①。出于伟大事物的逼迫并由此引发自身被生存"席卷"之境况,策兰作品里无论"移离"还是"神迷"都比里尔克、荷尔德林甚至海德格尔本人所设想的来得猛烈且真实。策兰会说,的确,真理在风暴中降临,但那是一场隐喻的风暴:"一阵轰隆,那是/真理自己/下到人间,就在/隐喻的风暴中"(Ein Dröhnen: es ist / die Wahrheit selbst / unter die Menschen / getreten, / mitten ins / Metapherngestöber)(GW 2: 89)。如果真有某种真理道成肉身般步入这世界,那么策兰暗示,它的可读与可理解性是成问题的,它不能"无隐喻地"被说出。

策兰后期很多看似难解的诗,如果放在存在论语境下来读,也许不那么陌生,或者说,毕竟可读,如前面章节表明,策兰不仅沉思自己的命运,他更关注思想自身的命运即古希腊哲学以来整个西方思想史的观念化活动。策兰以诗的意象和词语参与观念的构成性运动,把它们纳入灾难之后的某个构型以揭示陌异/阴森

---

① Martin Heidegger, *Reden und andere Zeugnisse eines Lebensweges: 1910—1976* (Frankfurt am Main: Vittorio Klostermann, 2000), 117.

之物总是溢出概念(无论弗洛伊德还是海德格尔)的那部分。例如在写于1964年、后收入《换气》的一首诗里,策兰回应了海德格尔后期致力于思考的"四重体"(das Geviert),这也是策兰仅有的一次在诗里使用这个词:

> 那写下的掏空了自己,那
> 说出的,海般绿
> 在港湾里燃烧,
> 在液化的名字里
> 海豚跃起,
> 在永恒化的无处,此处
> 在敲得过响的钟声
> 之记忆里,在——惟当何处?
> 谁在这
> 影子四重体里
> 打响鼻,谁
> 在它底下
> 微闪,微闪,微闪?

> Das Geschriebene höhlt sich, das
> Gesprochene, meergrün,
> brennt in den Buchten,
> in den
> verflüssigten Namen
> schnellen die Tümmler,
> im geewigten Nirgends, hier,
> im Gedächtnis der über-

> lauten Glocken in — wo nur?,
>
> wer
>
> in diesem
>
> Schattengeviert
>
> schnaubt, wer
>
> unter ihm
>
> schimmert auf, schimmert auf, schimmert auf? (*GW* 2: 75)

为理解策兰这首诗的矛头所向,我们首先需回溯"四重体"的结构。它最初现于海氏《不莱梅讲座》(1949),被思为"物"对各种关系的聚集;较成熟的论述见《筑、思、居》(1951)、《物》(1950)、《人诗意地栖居》(1951)等五十年代文本。总体上看,四重体包含大地(die Erde)、天空(der Himmel)、诸神(die Götterlichen)、终有一死者即人(Die Sterblichen)这四个方位。这"四方"不可等同为地、水、火、土这样的元素——作为承载者和生产者的"大地"也不仅是物的质料之基,正如米切尔(Andrew Mitchell)在他的研究中指出,大地之所以能生产,恰在于它能开裂、涌现,在海德格尔这里,大地乃是"深渊般的承载"①。所以"四方"首先命名的并非四种实体,而是四者的共属关系即单重性(Einfalt),任何一个方位,如果离开别的方位,都不能让物成其为物或让世界成为世界,离开这统一着的单重性,四重性则无从谈起。

分别来看,大地"是效力承受者,开花结果者,它伸展于岩石(Gestein)和水流(Gewässer)之中,涌现为植物(Gewächs)

---

① Andrew J. Mitchell, *The Fourfold: Reading the Late Heidegger* (Evanston: Northwestern University Press, 2015), 74.

和动物（Getier）；天空"是太阳的苍穹轨迹（Wölbende Sonnengang），变幻的月亮的路程，星辰漫游的辉映（wandernde Glanz der Gestirne），岁月季节及其变化，白昼的光芒与暮色，夜晚的黑暗与明亮"等；诸神"是有所暗示的神性使者，受神圣支配，神显现于当前（Gegenwart），或隐匿入其遮蔽（Verhüllung）"；终有一死者"是人，只有人能赴死，只要人在大地上，在天空下，在诸神面前持留，人就不断地赴死"。① 人在大地上生存的意义就在于对这四重整体的守护，而这守护的方式，海氏以为，乃是通过人的建造、栖居和对物的照看、保养来达到。正因为人本质上的无家可归状态（Heimatlosigkeit），他才能"学会栖居"并"把栖居带入其本质的丰富性中"②。

策兰后期诗大都运作于天、地、神、人这四重体或其"缺损模式"，例如大地和世界、大地和天空这样的二重体，然而这相互厮守着的四重归一的关系在策兰这里却危机四伏，界限交错，被投下"阴影"。③ 策兰诗作中的"物"，作为精神分析的创伤之物，对海德格尔的四方聚集之"物"做出一个有力的争辩，以彰显哲学阐释学难以触及的精神分裂深层。如果"物"只是四方关系的聚集，那么策兰会把它所聚集的东西加以惊悚化。虽然我们在此

---

① Martin Heidegger, *Vorträge und Aufsätze* (Frankfurt am Main: Vittorio Klostermann, 2000), 151-152. 中译见海德格尔：《演讲与论文集》，孙周兴 译，上海：三联书店，2005年，第157页。译文有改动。
② 海德格尔：《演讲与论文集》，第170—171页。
③ 关于"阴影"，海德格尔给我们一个启发："日常流行的意见只在阴影中看到光的缺失——如果不是光的完全否定的话。但实际上，阴影乃是光的隐蔽的闪现的证明，这种证明虽然是不透明的，却是可敞开的。"《林中路》，第115页。策兰将海德格尔的关键概念"阴影化"时也使之变得"可见"，即相对于批评意识更敞开，从这个意义上看，阴影化无异于诗对理论的某种透视成像，遮蔽了理论的诸多演绎，只露出前提或设定："谁说出阴影，就说出了真相"（Wahr spricht, wer Schatten spricht）（*GW* 1: 135）。

第四章 黑暗接种者：晚期策兰的世界

无法叙述策兰对海德格尔思想的深度参与两者之间虽有限但颇具戏剧性的交往①，但我们至少能够看到策兰如何"分裂"海德格尔哲学中诸如四重体这样的关键概念，使之双重化（例如变成方形墓地）且无法返回存在论的诸规定，这相似于策兰对浪漫主义之绝对的相当隐蔽的解绝对化。策兰的方式并非直接、正面地介入哲学，对他来说，词语只是"穿刺之点"，用以刺探他读过的哲学体系里那些被过度决定的理论纽结：绝对、无限、永恒、大地、天空。

《那写下的掏空了自己》一开始就以"掏空"（höhlt sich）的动作瓦解了写作对任何别样事物（种族历史、命运）的奠定，这时写作甚至无法奠定自己，它向内弯曲成一个被挖空的黑洞般存在。"那写下的"（Das Geschriebene）挖空自己的后果，就是迫使"那未写下的"（策兰在别处提到的 Ungeschriebenes）也即无法进入符号界的事物在它周围聚集成一个语言光环。已被写下的事物——无论是莱维（Primo Levi）的《如果这还算个人》（Se questo è un uomo，1958）这样的大屠杀见证，还是阿伦特的《艾希曼在耶路撒冷》（Eichmann in Jerusalem，1963）这样的战后审判分析——实际上都以叙述避免了精神分析中真实界的内容，换言之，大屠杀真正的恐怖内核是无法以语言来写下的，它源出于过

---

① 见 Krzysztof Ziarek, *Inflected Language: Toward a Hermeneutics of Nearness: Heidegger, Levinas, Stevens, Celan* (Albany: SUNY Press, 1994); James K. Lyon, *Paul Celan and Martin Heidegger: An Unresolved Conversation, 1951—1970* (Baltimore: Johns Hopkins University Press, 2006); Charles Bambach, *Thinking the Poetic Measure of Justice: Hölderlin, Heidegger, Celan* (Albany: SUNY Press, 2013). 较近的研究见 Hans-Peter Kunisch, *Todtnauberg: Die Geschichte von Paul Celan, Martin Heidegger und ihrer unmöglichen Begegnung* (München: dtv Verlagsgesellschaft, 2020). 在这本书里，库里希重构了策兰与海德格尔相遇于托特瑙堡的整个前因后果，具有较高的传记价值。

量的外界刺激对自我意识保护层的穿透。莱维和阿伦特的著作让我们看到了集中营的内部运作和犹太大屠杀的整个历史发展过程，即所谓"犹太问题"如何在纳粹这里得到"最终解决"，但它们未能道出聚集在语言周围的无意识惊恐，也未能呼唤真正意义上的诗性正义。如此看，"那写下的掏空了自己"这句话隐含地批评了战后知识分子对大屠杀反思的无力与空洞①。"那/说出的，海般绿/在港湾里燃烧"同样揭示大海般波涌的言说之物（Gesprochene）的徒劳，舆论于事无补，只徒然消耗着自己；"绿色"（grün）：战后反思如海藻般"天真地"漂浮于水面；"港湾"（Buchten）：一切言谈流于浅表，未能进入深海。

这首诗，如很多策兰后期作品，避免了人的在场。策兰连用Geschriebene、Gesprochene 这两个以 Ge-为前缀的过去分词，并将之转化为类似 Gebirge（山脉）的集合名词。海德格尔谈论大地时也连用集合名词 Gestein、Gewässer、Gewächs、Getier。米切尔认为，海氏对 Ge-（聚集、共在）的使用意味着"那源始地共存的东西"，"单独事物的某种聚集"，这样"我们理解了岩石、水流、植物、动物都是关系性的存在，都参与了世界的世界化"。② 如果说海氏的词语给出共属一体之物，使单独事物获得关系性的理解，那么策兰挖空了"聚集"的内涵，只给出一种很弱的关系或世界性：某种无人的写作与言谈，其施行的"掏空""燃烧"以及后文

---

① 对战后西方（德国）司法界和思想界之失败的批评也是后期策兰诗作的一个重要面向，例如在作于 1965 年的《你所有的封印都被揭开？没有》（"All Deine Siegel Erbrochen? Nie"）一诗里，策兰指向了同年的法兰克福审判以及德国剧作家彼得·怀斯（Peter Weiss）与此相关的剧本《调查》（*Die Ermittlung*）。策兰在诗里暗示，战后关于犹太大屠杀的司法审判与纪实文学都如同"伪证"（Trücke）。策兰原诗见 GW 2：134，讨论详见 Connolly, *Paul Celan's Unfinished Poetics*, 137–167.

② Mitchell, *The Fourfold*, 89.

的"液化"等带有毁灭性质的动作都难以筑造四重关系。我们自然想问，是谁写下？又是谁说出？策兰对言说者身份的隐匿似受启发于海氏"语言对我们说话"这一观点。后期海氏把语言把握为存在的道说（Sage），大写的无人的语言，也即存在通过语言言说自身，而人类语言只是"应合"（entspricht）了存在的语言。人类说话，也只是让物和世界成其本质。"语言，作为寂静之音（das Geläut der Stille）说话"；"语言，作为世界四重体（Weltgeviert）的道说"。①

接下来的诗句里，策兰进一步阴影化了作为"世界四重体的道说"的语言和命名。诗人给出一个大海里海豚腾跃的意象，然而这还是一个隐喻之海，它由"液化的名字"（verflüssigten Namen）构成。此时，名称既无法让世内关系聚集，也无法让物依存，名字变成液体，词语不但破碎，而且还诡异地流动。联想到 verflüchtigen（蒸发、挥发），策兰使用的 verflüssigen（将气体压缩、冷凝为液体）很可能指向了毒气投放，例如纳粹在奥斯维辛毒气室投放的氢氰酸 Zyklon-B 就是一种能迅速"挥发"的弹丸晶体，接触人体后破坏体内黏膜，从体内将人窒息②。当然 verflüssigen（液化）也直接唤起 liquidieren（清除、消灭），即纳粹对整个欧洲犹太人的系统毁灭。被"液化的名字"如此之多，构成一片可供海豚腾跃其中的大海，而大自然欢腾于这些液化之名，仿佛世界被清洗后又重回原始状态。③ 至此，四重体的任何一

---

① Heidegger, *Unterwegs zur Sprache*, 27, 203.
② Wachsmann, *KL: A History of the Nazi Concentration Camps*, 268.
③ 见《曾经，我听见他》（"Einmal, Da Hörte Ich Ihn"）一诗："曾经，我听见他/他在清洗世界/不可见地，整夜地/真实地。/ 独一而无限/毁灭了/灭了/光曾是。拯救"（Einmal, / da hörte ich ihn, / da wusch er die Welt, / ungesehn, nachtlang, / wirklich. / Eins und Unendlich, / vernichtet, / ichten. / Licht war. Rettung）（*GW* 2: 107）。

维都未现身（既无天、地，也无人、神），语言也未能道说任何"世界"，却指向一个非世界、非维度，那里的所写、所言和命名都走向否定的绝对之物。然而，策兰并没完全脱离存在论视野，他关心的仍是在语言中达乎显现的东西，他仍仔细衡量每个词，让它们成为言说的尺度、物之存在的尺度，同时，也叩问着海德格尔-荷尔德林意义上的神性尺度。

很快，策兰给出那一直困扰他的问题，即无以安置的时间、地点、记忆："在永恒化的无处，此处/在敲得过响的钟声/之记忆里，在——惟当何处？""永恒化的无处"（geewigten Nirgends）无化了海氏考虑的地点/位置（Ort）之为四重体的场所，例如一座桥架设出地点（两岸），开辟空间，让四重关系得以聚集。策兰的geewigten（被永恒化）是他从 ewig（永恒的）里造出的一个词，暗示理念被加冕的可怕后果，例如"永恒化"的第三帝国，也暗示某种比死更悲惨的诅咒，例如"永恒化"的西比尔，她渴望死。如此观之，"永恒化的无处"实为一个极可怕的难以终结的境遇。除了"无处"，策兰有时也自造 entwo（"去除地点"）① 这样的词以解构地点，表明地点之不可追问——反犹主义不分时间、不分地点进行，它就在"此处"（hier）。接下来，"敲得过响（über-/lauten）的钟声"断然打破了海德格尔所称的语言的"寂静之音"（Geläut der Stille），策兰也许一直在倾听语言本身的稀声大音，然

---

① 见《你的眼睛在手臂里》（"Deine Augen im Arm"）一诗："你的眼睛在手臂里/那被/烧得碎散之物/继续摇晃你，在飞翔的/心之阴影里，你。/在哪里？/识出那地点，熄灭词语。/灭绝。尺度。/灰烬光彩，灰烬量尺/吞下去。/量错了，无以量，放错了，无以言，/无以地点/灰烬打嗝，你的眼睛/在手臂里/永远（Deine Augen im Arm, / die / auseinandergebrannten, / dich weiterwiegen, im fliegen- / den Herzschatten, dich. / Wo? / Mach den Ort aus, machs Wort aus. / Lösch. Miß. / Aschen-Helle, Aschen-Elle — ge- / schluckt. / Vermessen, entmessen, verortet, entwortet, / entwo / Aschen-Schluckauf, deine Augen / im Arm, / immer）（GW 2：123）。

第四章　黑暗接种者：晚期策兰的世界

而它在此却变成"过度敲响的钟声"，这是一种强迫症式的宣示宏大意义的声响，它在诗人和历史的记忆中不断震荡。然而这记忆本身也是不可安放的，此记忆中断于介词"在"（in）以及"惟当何处"（wo nur?）这个解除了地点/位置之重要性的问题。如此，策兰把我们引向"世界已远去"（Die Welt ist fort）之后仍存留的指示着生存空间的"在"，它诡异地变成没有存在者的指示。

有了以上铺垫，策兰可以直接抛出四重体，以穿越（从某个点穿过）海德格尔存在论基本构架：

> 谁在这
> 影子四重体里
> 打响鼻，谁
> 在它底下
> 微闪，微闪，微闪？

这几行诗深具陌异性——哪怕我们理解了海德格尔哲学，它包含的冲力也未必能够完全被解释，或者，正因为有了海德格尔哲学背景，这些诗句尤显得诡异。这"影子四重体"（Schattengeviert）乃是出自西方形而上学转变自身的要求，它迫使战后思想重新打开存在、世界与神圣性的问题，同时，也对包含在"海德格尔"这个名字之内的思想提供新的认识方式。我们看到，与其说把存在者敞开向世界，这"影子四重体"兀自耸立成一个威严结构，如一个墓地或棺材（Geviert 也指"四方体"）。从海德格尔的方向去追问，此"影子"可以有如下解读：四重体失去了聚集力量，本体论地位被质疑；四重体进入澄明之光芒减弱的地带，它的敞开性被质疑；四重体终究仍是本体论神学的产物（设定了诸神），它的四重映射游戏无能于揭示 20 世纪的世界进程（例如第三帝国的出现),它整个地被死亡笼罩。策兰的问题是:"谁在这/影子四重体里/打响鼻(schnaubt)?" schnauben 也指"喘息""呼吸沉重",唤起相近词 schnaufen:"上气不接下气"。这是典型的后期策兰话语,哲学术语与一个谜般姿势相连,仿佛策兰问自己:诗拿哲学来做什么,如果不是在同它的争论中赢得一次呼吸、切入一次内在、画出一次边界?以同样方式,他在另一处写道:"两根手指/在深渊里打响指"(es schnippen / zwei Finger im Abgrund)(GW 3:86)。无论打响指还是打响鼻,这怪异的声响惊扰了神圣的思想的运行,将崇高的理念移出形上领域,迫使它进入颇为不适的特殊境遇,制造诗与理论之间的歧异。此外,宗教地看,四重/四方体内的气息这个现象可以阐释为神的显现,例如《圣经》里耶和华的灵降临其中的约柜、圣所、香坛、祭坛等圣器都是方形的,位于麦加的伊斯兰著名圣殿"克尔白"(Kaaba)也是一个立方石建筑。宗教里的立方石固然是一个神秘圣物,然而当策兰写下:"每个气息/被方石块环绕/我留你在那斗室,蹲着/为持守你"(Quader- / ringe / um jeden Hauch:/ die Kammer, wo ich dich ließ, hockend, / dich zu behalten)(GW 2:302),他似乎把这立方体当作安放某个灵魂(一个蹲坐的神的雕像?)的窄室、壁龛或坟墓①,海德格尔的四重体被打上影子后成为未知之灵的看护所。

策兰试图从"底部"去探测这四重结构(违反了海德格尔关于世界之不可对象化的看法),于是该诗结束于一个"低于"(unter)四重体的微闪的未知的人或物。策兰对 aufschimmern(微

---

① 见《今天与明天》("Heute und Morgen")一诗:"在那后面/墙上的凹口,/那阶梯,/回忆之物蹲在上面"(Dahinter, / ausgespart in der Wand, / die Stufe, / drauf das Erinnerte hockt)(GW 1:158)。回忆之物"蹲"(hockt)在墙凹口的壁龛里,似乎也成了被看护的石化之物。

闪）的三次使用，恰如三次船难讯号，暗示该人/物处于危急中，而这讯号随着诗句的结束而渐次微弱，也许终究不被看见。这意味深长的"微闪"给出了四重体的某种外部，某个不可进入四方的人或东西出现了，它/他向存在之整体启示着什么，这微光的陌异性不可化约，也没有证据表明这是神发出的暗示①。策兰给四重体蒙上阴影，但没有全然拒绝它，只是给出它的外部，以悬搁荷尔德林-海德格尔的神性暗示及作诗尺度的问题。当荷尔德林与海德格尔沉迷于诸神之踪迹并从中看到更为久远的希腊开端对存在的奠定时，策兰总是想问：哪一个神？独一神还是诸神？何为神性？它何以显明？"你听见下雨了/你猜，这一回/该是神"（Du hörsts regnen / und meinst, auch diesmal / sei's Gott）（*GW*2：269）。

策兰与荷尔德林-海德格尔的争论绝非偶然，如前所述，它不仅出自二战后西方思想对古希腊以来的哲学-神学之全面反思的要求，也出自被永久地改变的诗意言说对思想话语的质询要求。为提出此要求，策兰必须有能力从基底上去探寻占统治地位的观念与思想（神、一、存在）的居有运作，进而把它们纳入总是更加陌异、更加切近被本体论神学所压抑之物。荷尔德林与海德格尔给了策兰必要的支点，以推动对存在（Sein）的黑暗式探测——无筹划、无希望、无世界的生存如何去"是"。放弃了此问题，策兰恐怕会坠入虚无主义的深渊，这也是诗人一再为之踌躇并时而抗

---

① 关于"暗示"，另见《眨眼间，谁的暗示》（"Augenblicke, wessen Winke"）一诗："眨眼间，谁的暗示/光芒无眠。/反非生成，无处不在/收集你自己/站立"（Augenblicke, wessen Winke, / keine Helle schläft. / Unentworden, allerorten, / sammle dich, / steh）（*GW* 2：113）。就策兰诗的"暗示"，见 Ian Fairley, "When and Where?: Paul Celan's *Fadensonnen.*" *Paul Celan: Fathomsuns and Benighted*, trans. Ian Fairley（New York: The Sheep Meadow Press, 2001），3-27.

拒的。对陌异之物的召唤一方面均衡了过于沉重的思想负担（从这个意义上说，策兰使用哲学只是为了甩掉它，放下它），另一方面，陌异者总给出一种重新去存在的方向或暗示，它是绝望中的一种追寻，哪怕它并非出自神或无限者，哪怕它出自魔鬼（"魔鬼也出自天空"，海德格尔会说）。死亡作为最终的陌异之界限，毕竟还是未知的。

在《人诗意地栖居》（1951）一文里，凭借对荷尔德林晚期《在可爱的蓝色里》（"In Lieblicher Bläue"）一诗的解读，海德格尔提出"作诗乃是尺度的采纳"①。荷尔德林在诗里问道：既然人生纯是辛苦劳作，那么他为何愿意生存？他的欢乐何在？回答：因为人与神同在，人就"不无欢喜地/以神性度量自身"；诗人进而问："神可知否？""可否如天空般显明？"回答："我宁愿相信后者，它乃是人性的尺度。"② 如果大地意味着劳作，那么天空给人以劳作之外的东西，人必须仰望天空，才能有生存的意愿。"仰望把人拉出劳作的世界、等价与报偿的世界，在那里所有东西都有价格，劳作是为有所挣取。"③ "向上看"超越了大地上的劳动，看向了未知。诗人最后问："大地上有尺度吗？"（Giebt es auf Erden ein Maaß?）回答断然是："没有"（Es giebt / Keines）。大地也许可供栖居，也许给事物提供质料之基础，但唯有天空才能给出"尺度"这样的东西。然而，神既是未知或不可知，天空也只属于"现象得以放光芒的中介"④，那么诸如"天空的尺度"或"神的尺度"这样的说法实在是一个"奇怪的尺度"。海德格尔承认，作诗

---

① Heidegger, *Vorträge und Aufsätze*, 200.
② Ibid., 197.
③ Mitchell, *The Fourfold*, 122.
④ Ibid., 162.

之为"那个奇怪尺度的衡量（Er-messen），更神秘莫测了"①，作诗正是以天空/神性这样的"未知"来衡量具体社会与历史条件下的人。

荷尔德林-海德格尔之尺度论题的绝境还不是如何以未知测度人性，而是如何贯通天空与神各自的陌异性，这二者分属四重体的"两方"。荷尔德林揣测，神虽是未知，但"天空的面貌却/充满他的特征。因为闪电/正是神的愤怒。愈为不可见者/愈把自己派给陌异之物"（Jemehr ist eins / Unsichtbar, schiket es sich in Fremdes）②。在一个关键段落里，海德格尔尝试厘清这之间的理论关联：

> 对神来说陌异的东西，即天空的景象，却是人所熟悉的。这种东西是什么呢？就是天空的一切，因而也就是在天空下，大地上的万物……那不可知者把自己派给（schicket sich）一切为人所熟悉、为神所陌异的东西，才得以在里面作为不可知者受到庇护（behütet zu bleiben）……诗人在天空景象中召唤此物，它于自行揭示中让自行隐蔽之物显现，而且是让它作为自行隐蔽之物出现。在种种熟悉现象中，诗人召唤那陌异者（das Fremde），不可见者把自己派给它，也只是为持住自身的不可知……真正的意象作为景象（Anblick）让人看不可见者，使不可见者被想象入它的一个相异者（in ein ihm Fremdes einbildet）。③

---

① Heidegger, *Vorträge und Aufsätze*, 202.
② Ibid., 204.
③ Ibid., 204. 中译见海德格尔：《演讲与论文集》，第 210—211 页。译文有改动。

诗人的职责并非想象地呈现天空之景象，而是以形象召唤熟悉现象中陌异者的到场。根据这个理论，一个形象对不可见者来说越陌生，它所包含的不可见性就越高，它越指向神的本质，于是"诗的形象不是单纯的幻象与幻觉，而是想象之形构，即在熟悉者的面貌中的陌异之物的可见内涵"①。诗是可能的，仅仅是因为在一种派送（schicken）的关系中，神，作为不可知、不可见者，把自身本质传递给了与之殊异的事物，使得他向我们显明的同时能庇护自己。

同时疏异于人、神，策兰晚期诗把"未知的天空"改装为荷尔德林与海德格尔不再能看出的新构型。大地与天空同时出现在策兰1970年的一首诗里，然而是以被极端地改变了的形象：

> 物质里重新定位：
> 走向你自己，把自己加入
> 下落不明的
> 大地之光，
> 我听说，我们曾是
> 天空的生长，
> 有待证实，从上方，沿
> 我们的根，
> 有两个太阳，你听见吗？
> 两个，
> 不是一个——
> 又如何？

---

① Heidegger, *Vorträge und Aufsätze*, 205. 中译见海德格尔：《演讲与论文集》，第211页。译文有改动。

第四章　黑暗接种者：晚期策兰的世界

> Ortswechsel bei den Substanzen:
> geh du zu dir, schließ dich an,
> bei verschollenem
> Erdlicht,
> ich höre, wir waren
> ein Himmelsgewächs,
> das bleibt zu beweisen, von
> obenher, an
> unsern Wurzeln entlang,
> zwei Sonnen gibts, hörst du,
> zwei,
> nicht eine —
> ja und? (*GW* 3: 118)

说这首诗陌异化了整个西方形而上学传统，实不为过。首先，言说者在物质或实体（Substanzen）之间变换或采纳位置（Ortswechsel），他的存活将依恃于这些物质/实体/本体——无论它是亚里士多德的实现事物潜能的隐德来希（entelecheia）、斯宾诺莎的有着无限属性的上帝，还是莱布尼兹的不可泯灭的单子。诗人虽离开了"无处"，居于某地点，但此地点夹杂在"诸实体"里，需要重新定位。这剥离了荷尔德林-海德格尔意义上的"栖居"，或者，这乃是四重关系无法形成时的"赤裸栖居"。策兰以这种方式穿越了海德格尔与"物"（das Ding）依存的幻想。同时，"物质里重新定位"似指向言说者自身的物化，他正可怕地变成这些物质的一部分。策兰在《子午线》手稿里曾摘抄佛陀语句："眼观这世上之物是美妙的，但变成它们，就可怕了。"① 去"实体"（substantia："站在事物底下的东西"）中间栖居无疑是栖居的一个诡异模式，它意味着入到事物的基底。实际上，诗人已向自己发出指令，要把自己附加连接入（schließ dich an）"下落不明的/大地之光（Erdlicht）"。联系到后文"天空的生长"（Himmelsgewächs 也可译为"天空的植物"、"天堂的作物"），策兰这首诗仍在大地-天空、生长-光芒的关系内运作，只是原有构架被颠倒了，在大地上、天空下的空间方位被改写，大地被定义为光源，天空被定义为土壤。"大地之光"如同一个走失的人，已下落不明，而"天空的生长"如同一个神话，仍需要"从上面"加以证实，而这证明有待"沿我们的根"显现。策兰在诗里一直强调犹太人的根在空中，"我们"乃是被连根拔起的天空/天堂的作物。

"大地之光"给我们这样一种感觉，仿佛言说者是从外太空来报告他所见的一切，他看到地球之光已消失（地球本身并不发光，大地之光的消失暗示太阳的熄灭？），如果这样读，那么整首诗就脱离了天、地、神、人构成的以大地为中心的视域而转入宇宙视域。在此视域中，言说者最后宣称他看到了两个太阳："有两个太阳，你听见吗？/两个，/不是一个——/又如何？"② 然而从全诗语气上看，策兰对太阳的双重化与其说预告了某种灾异之象（世界

---

① Celan, *The Meridian*, 189.
② 在另一首诗里，策兰提到"共同太阳"（Mitsonne）："你，耀眼的/万物之致盲强光的/女儿肿块，/被天空以上的搜寻队/抓住/转移入/观看一切的、推迟了/神的/堆满星辰的蓝色，/你在我们/饥饿、一动不动的/毛孔面前/野味十足，作为/共同太阳，在两个/炮火明亮的/深渊"（Du Gleißende /Tochter-geschwulst / einer Blendung im All, / aufgegriffen / von überhimmlischen Suchtrupps, / verschoben / ins sehende, gott- / entratene Sternhaufen-Blau, / du wildenzt / vor unsern hungrigen, / unverrückbaren / Poren / als Mitsonne, zwischen / zwei Hellschüssen / Abgrund）(*GW* 3：101).

末日),确认了某个宇宙学事实(太阳系之外确实有别的恒星,别的太阳)甚或唤起犹太教神秘主义中"容器破裂"之后的恒星飞散,不如说意在陌异化太阳运行其中的"大地-天空"这个海德格尔称之为的"维度"(die Dimension)。策兰的开放式结尾"又如何?"让读者思考双太阳设定下世界延续的问题。众所周知,大地与天空之间一切显现之秩序靠太阳运行维持。太阳,作为赫拉克利特意义上的天空的活火,统治着地上一切的生长,对地上生命享有至高主权,同时也是可感之物、可知之物的源泉。"如果没有太阳,就算繁星满天,大地上也只有黑夜",赫拉克利特说。[1] 作为大地上君权的神圣起源,太阳开启了漫长的人类统治史,人类崇拜太阳,向着太阳、为着太阳劳作。如果有两个太阳,如策兰的言说者表示,那么日出日落的关系会混乱,光之领域会混乱,黑夜会混乱,大地上的时间会混乱,统治会混乱,我们将失去"大地-天空"之间的已有维度。这难道不正是策兰后期诗里一再发生的?这难道不是他一直栖居其中的诡异境况?在两个太阳的世界,天空该如何?大地何去何从?不可见者如何把自身发送给陌异之物从而风起云涌地显现?

1966 年,策兰写下:"分裂的思想乐章/书写着无尽的双重/扭结"(Die Entzweite Denkmusik / schreibt die unendlich gedoppelte / Schleife)(*GW* 3:135);1968 年,他写下:"这世界/已不可读。万物布满重影";1969 年,他又写道:"变换磁场的/月亮/拒绝了你,第二个/大地"(der umgepolte / Mond / verwirft dich, zweite / Erde)(*GW* 3:83)。双重化被策兰一步步推向至高者,纯一性或单重性面临进入诗意写作后的分解风险,一切居有事件(包括海

---

[1] Burnet, *Early Greek Philosophy*, 135.

德格尔的四方关系)中断于自身的聚集。① 没有什么能统一"两个太阳",至高的力量分裂了,真正陌异于大地和天空的东西出现了。此时,如果神、天空还能作为人的尺度,乃至作诗的尺度,那么大地上的人在仰望天空时是否还能"不无欢喜地/以神性度量自身"?在两个太阳的情形下,也许无物能度量人性了。然而,如果我们换个方向思考,把这里的"两个太阳"读作不可见者向着天空发送的陌异讯号,那么"尺度"(人用以衡量自己的东西、他者乃至绝对他者)仍是有的,这另一个太阳必出自宇宙学过程,它的显现仍自行遮蔽着某个无形的推动的力量,作为一个难解的讯号,它的到来之于我们仍有某种并非末世的含义②。策兰虽然在诗里对大地和天空做了许多转换,但他未完全拒绝这两个词承载的深厚哲学之基,他还不是一个实验主义或未来主义诗人,他力图以诗之意象让那隐蔽地主宰大地历史的形而上学、宗教以及无

---

① 也有论者把策兰诗里双重化的"近旁世界"(Nebenwelt)视为语言本身:语言给出与我们的世界相毗邻的"第二个世界",于是有"共同太阳"(Mitsonne)、"近旁大地"(Neben-Erde)之说。详见 Anthony Stephens, "The Concept of Nebenwelt in Paul Celan's Poetry," *Seminar: A Journal of Germanic Studies* 9.3 (1973): 229–252.
② 当然《线太阳群》("Fadensonnen")似乎写向了末世:"线太阳群/高悬在灰黑荒野之上。/树一样/高的思想/弹奏光的旋律:它依旧是/在人类之外被吟唱的/歌"(Fadensonnen / über der grauschwarzen Ödnis. / Ein baum— / hoher Gedanke / greift sich den Lichtton: es sind / noch Lieder zu singen jenseits / der Menschen)(*GW* 2: 26)。所谓"人类之外",在莱恩(Judith Ryan)看来,并不指向末世或某个彼岸,而是"超出了人类可表象领域、不再能与既有的人类文本相联系的一个区域"。详见 Judith Ryan, "Die 'Lesbarkeit der Welt' in der Lyrik Paul Celans," *Psalm und Hawdalah Zum Werk Paul Celans*, ed. Joseph P. Strelka (Bern: Peter Lang, 1987), 19.

意识的源初力量显现出来①。

不出意外，策兰生前最后一首诗（作于 1970 年 4 月，他的尸体是 5 月 1 日在塞纳河下游被发现的）写向了荷尔德林的"不可见者"。策兰自尽前，他的书桌上敞开着德国作家米歇尔（Wilhelm Michel）的《荷尔德林传》，他在翻到的那一页的一句话下面划线："有时，这位天才也会变黑暗，沉入内心的苦涩之井"（Manchmal wird dieser Genius dunkel und versinkt in den bitteren Brunnen seines Herzens）②。借由荷尔德林，策兰给出了最后的证词：

> 种葡萄的人
> 绕暗黑时辰之钟挖土，
> 越挖越深，
> 你在读，
> 不可见者
> 把风召唤入界限，
> 你在读，
> 那些敞开者载着
> 眼睛背后的石头，
> 它认出你来，
> 在安息日。

REBLEUTE graben

---

① 有论者把策兰诗之意象分为"型象"（typos）与"原象"（archetypos），见 Julian Johannes Immanuel Koch, "Effigies or Imaginary Affinities?: The Conception of the Image in the Poetry and Poetics of Paul Celan and André du Bouchet," Dissertation. Queen Mary, University of London, 2017.

② 引自 Felstiner, *Paul Celan: Eine Biographie*, 363.

> die dunkelstündige Uhr um,
>
> Tiefe um Tiefe,
>
> du liest,
>
> es fordert
>
> der Unsichtbare den Wind
>
> in die Schranken,
>
> du liest,
>
> die Offenen tragen
>
> den Stein hinterm Aug,
>
> der erkennt dich,
>
> am Sabbath. (*GW* 3: 123)

这虽是一首安息之诗,但策兰直到生命最后仍在思考时间性、神性,他并不能真正在安息日得到"安息"。这些种植葡萄的人(Rebleute),他们也可以是一群犹太拉比(Reb),在翻挖一个"暗黑时辰之钟",似要把它如种葡萄一样种到大地里,但也可能准备埋葬这个钟,"翻挖"(umgraben)这个词已包含"坟墓"(Grab)。据费尔斯坦纳对该诗的解读,这些人"把土地像时间一样翻耕",他们给时间松土,为的是埋葬那灾难的黑暗时刻。① 然而细看 Dunkelstündige 这个词,它可以指灾难降临的黑暗时刻,但也可能指这钟的钟面太黑,以至于无法看清时针,或者这钟已走到某个时刻,但周遭太黑,无法看清时间。与之同时,这些越挖越深(Tiefe um Tiefe)的人,其动机也处在晦暗中,他们似乎把这暗黑时辰之钟当作圣物一样专注地挖掘。言说者唯一的姿势是"读",他在长时间地读取这"暗黑时辰"或别的东西。我们看到策兰最

---

① Felstiner, *Paul Celan: Eine Biographie*, 360.

第四章　黑暗接种者：晚期策兰的世界

后的姿势仍是去读，仍是试图去理解正在发生之事，或因为世界时间也即任何时针指示的"现时"已难以读取，而在这独特的"暗黑之钟"上时间一直未照亮存在，或因为没有一个钟能告诉人们，他们身处怎样的时代——怎样的时间的聚集。

"不可见者（der Unsichtbare）/把风召唤入界限"：上帝在安息日停止做功，收回气息。策兰对犹太神秘主义的神性收缩学说（tsimtsum）应很了解①，如费尔斯坦纳阐释："那始源的力量将自己的灵（ruach）或气息（Pneuma）收入自身界限。"② 尽管如此，这里的"不可见者"的身份仍是难以确定的，它未必是神。风本身也属不可见者，这里有一种多重的不可见的发生：风被那不可见者"要求"（fordert）进入不可见的界限/尺度。策兰也许想到了赫拉克利特名言："太阳不会越出它的尺度；否则那些爱林尼神——正义之神的女使——会发现他"；"黎明与黄昏的界限是大熊星；大熊星的对面是光辉的宙斯的界石"③。策兰诗句通过促使"风"向着界限运动，显明了最不可见者与次一级不可见者的分配、派送关系。策兰不明言上帝，也是为了维持不可见者的敞开，这其中的迫切与推动仍是可感受的，虽然它未必是可理解的。"那些敞开者载着/眼睛背后的石头/它认出你来"：在观看万物的眼睛后面，那不可见的缄默的石头正被敞开者（自由者、未来者、启蒙者）背负着，它在安息日认出了诗人。

被"石头"认出，于是被归入石头的言说者，这心照不宣、明白无误的指认（erkennen），如一个秘密契约，锁住了策兰诗里

---

① Tsimtsum 学说是为了解决无处不在的神何以创世的问题，神必须在自身之内放弃一部分空间以创世，他不得不自行收缩以撤离出一个原始空间来。详见 Scholem, *Major Trends in Jewish Mysticism*, 261–265.
② Felstiner, *Paul Celan: Eine Biographie*, 361.
③ Burnet, *Early Greek Philosophy*, 135.

的所言之物，但同时也建立了诗与弱世界、无世界、被毁世界、黑暗世界、陌异世界的关联。同时，这"暗黑时辰"也是不可见者与敞开者展开行动的有所担当的时辰，而阅读行为进入了与这两者的关系。策兰最后暗示，在时间/时代的昏暗里，在阅读以及写作中，总有某事发生，某物到来，某种界限或尺度正在形成——它不一定直接可见，但它能相认并衡量我们，它同时均衡虚无主义的无界限之"轻"和向死而在的有限性之"重"。

结　语

至此，我们完成了一次对策兰诗作的四重阅读：首先，我们把策兰定位于战后西方思想与诗学共同运行其中的"表象的灾难"，也即诗人如何以被灾难标记并改变的语言与形象去回应纳粹对世界的过度表象，如何在表象（意象、比喻）内部制造间距、裂隙。在第二章里，我们拉长镜头，看向策兰与德国浪漫主义之绝对的深度缠绕，我们把策兰早期诗读作一场"绝对的崩塌"，也即针对黑格尔意义上绝对之精神、概念的坍塌化运动，在绝对与无限的诗化中，策兰切近那未被决定之物。在第三章里，我们聚焦于策兰中期诗作的虚无主义时刻，带出其"虚无之虚无化活动"与"永恒轮回"的面向，我们看到策兰如何敞开于虚无，悬浮于无，甚至冻结虚无于瞬间，这乃是策兰非虚无主义地思考虚无主义的尝试。最后，我们以弗洛伊德和海德格尔的双重视角来探求策兰晚期诗之陌异，一方面，策兰诗的黑暗性源于本我与死亡驱力的盲目运行，死亡驱力超自然地构成策兰诗的"恒常推动"；另一方面，晚期策兰也至高地与海德格尔-荷尔德林本体论神学相争执。策兰不仅书写了"四重体"与"不可见者"，直到生命最后，他仍在思考时间与尺度的问题，可以说，策兰始终把诗保持为他者之衡量与认领。

黑格尔—尼采—弗洛伊德—海德格尔于是构成阅读策兰的四

个理论站台，分别对应着绝对—虚无—驱力—存在四个面向，这四方面虽不可能穷尽策兰诗的全部内涵，但对其诗的哲学基底应是一个较全面的探测。当然，策兰与海德格尔之后的思想，例如与列维纳斯、布朗肖、巴塔耶、阿多诺、德里达、南希、阿甘本、巴迪欧之交错部分仍是敞开的议题，但这些哲学家似乎没有直接影响策兰，虽然其哲学计划与策兰诗作的思想有诸多交集。对于那些在奥斯维辛的废墟上仍探寻存有（Sein）与事件（Ereignis）的后海德格尔思想家来说，策兰诗提供了一座可无尽开采的矿脉，一个可无限深挖的基坑。然而我们"入到基底"的解读并非要带出策兰诗的过于切近的当下性，仿佛他能够"直接"告诉我们关于时间、时代、事件与他者的真相，相反，我们首先要解开的是那些奠定着策兰诗的观念之物，洞察其诡异的主宰，从而发现我们自身存在之陌异（精神的本质为何？何为虚无？）。"入到基底"意味着追随策兰诗的"崩塌"，入到存在论的基本规定中去，从"深处"赢得一种诗学。正如我们已经看到，策兰虽称自己不是"存在的牧者"，但他确是把自己当作一个形而上思考者而非仅仅诗人来看待的。任何一个打开《子午线》手稿的读者都能看到策兰如何"挣扎于"西方哲学传统，动用了包括斯宾诺莎、埃克哈特、康德、尼采、舍勒、舍斯托夫、胡塞尔、海德格尔在内的大量理论资源，并把它们剥入自己的诗作。如果纳粹在哲学上并不是"天真的"（可追溯至叔本华的"意志"、尼采的"超人"和黑格尔的"绝对精神"），那么策兰诗作在哲学上也不可能保持天真，他必以诗之力穷尽已发生之事得以发生的基础/原因（Grund），且穿透这基础从而趋向无渊（Abgrund）、源渊（Ungrund）："幼虫孵化，星辰孵化，架着/所有龙骨/我寻找你/源渊"（Larvenschlupf, Sternschlupf, mit allen / Kielen / such ich dich, / Ungrund）（*GW* 3：78）。

结　语

　　当代策兰研究里，探寻其诗作如何驶向世界之"源渊"的著作并不多见，如康纳利在《策兰未完成的诗学：对次要文本之阅读》（2018）一书里指出，这也许因为在半个多世纪的接受史里，"为了树立文学上的名誉与熟悉度，［策兰］作品之难以意料与陌异的特征都被搁置，作品在重复而相似的批评姿态之下开始硬化（hardens），获得一些它本来不具有的形体和形式，它从此就靠这些方式被识别"①。康纳利认为西方批评界出于"纯粹的文学与哲学上的要求"，把视野局限于策兰主要诗作，忽视了策兰的"次要文本"（sous-oeuvre）或"前文本"（pre-text），错失了策兰诗作原有的狂野不羁的特质②。康纳利对《暗蚀》里的诗歌手稿异文版进行了细致的考证和解读，展开策兰对马拉美、曼德尔斯塔姆、伦勃朗的隐秘对话，解开了策兰一些看似谜一般、却急迫地呼吁诗性正义的边缘之作。

　　康纳利的解读确有拨开云雾之功——让我们看到策兰那些被放弃的、半完成的作品非同寻常之处，如果我们知道怎么去读它们——但他仍然误识了策兰诗的"哲学上的要求"，把这个要求归给了策兰的职业批评家们。策兰本人是有"哲学上的要求"的，在20世纪80年代德里达、拉古-拉巴特、哈马赫等人对策兰的哲学化解读以及诸如林恩这样的研究者对策兰与海德格尔之"相遇"的全面解密之后，探寻策兰诗作之哲学根基的尝试其实并不多见。当代研究者多把策兰与列维纳斯、德里达、本雅明、阿多诺等人的理论相连，有可能错失策兰诗里愈加本质性的东西，也即弄清"思想者-诗人"这个称谓在策兰身上到底意味着什么。或者说，弄清策兰在《托特瑙堡》里说的"在这簿记中／写下那行／希望的

---

① Connolly, *Paul Celan's Unfinished Poetics*, 225.
② Ibid.

字,今天,/为了一个思想的词/在心中/到来"(die in dies Buch / geschriebene Zeile von / einer Hoffnung, heute, / auf eines Denkenden / kommendes / Wort im Herzen)(GW 2:255)到底意味着什么。思想之追问在策兰这里到底是何种程度、何种深度、何种透彻度?

"一个已死的/'为何'立在船头"(ein totes / Warum steht am Heck)(GW 1:173),策兰的文本于是垂直航行于不可追溯的因由、无可挽回的丧失。少有诗人如他"被虚无穿透并奠定"(durchgründet vom Nichts),此"穿透"带着耶稣在十字架上被钉死的含义,但穿透与奠定策兰的并不是圣痕,也不尽然是苦难,而是虚无本身。被虚无穿透并奠定的绝非一般意义上的诗人,他必然进入与天空、大地、诸神、终有一死者的争执,因虚无正是从这四方关系里获得规定性力量,虚无要求经过万物。在此意义上,策兰与荷尔德林可谓"同时代",荷尔德林也有强烈的"哲学上的要求",创作了大量形而上学散文,而根据拜瑟(Frederick Beiser)的意见,荷尔德林在1795年《许佩里翁》里就先于谢林和黑格尔抵达了绝对观念论的理论立场[1]。"总有/一种渴望,要进入未被界限者" (Und immer / Ins Ungebundene gehet eine Sehnsucht),荷尔德林在《记忆女神》("Mnemosyne")里写道[2]。我们无法在此展开荷尔德林与策兰之间的理论关联[3]——尤其是荷

---

[1] 引自 Jeremy Adler and Charlie Louth, Introduction, *Friederich Hölderlin: Essays and Letters* (London: Penguin, 2009), xxxiv.
[2] Hölderlin, *Selected Poems and Fragments*, 258.
[3] 较近的研究参见 Charles Bambach, "Hölderlin and Celan: A Fragmented Poetics of Remembrance," *MLN* 135. 3 (2020): 635 – 657; John T. Hamilton, "Florilegia: Influence and Cross-Pollination between Celan and Hölderlin, Pindar and Horace," *MLN* 135. 3 (2020): 600 – 619; Hannah Vandegrift Eldridge, "Gespräch, Gesang: Music, Dialogue, and the Human in Celan and Hölderlin," *MLN* 135. 3 (2020): 658 – 678.

尔德林在思考悲剧《恩培多克勒之死》（1798-1799）时提出的与有机者（das Organische）相对的代表了普遍抽象力量的无机、无形者（das Aorgische）——我们只需看到策兰与荷尔德林同在敞开者、未被界限者、无形者的水平上进行诗化，哪怕策兰对荷尔德林渴望的"纯粹的起源"（Reinentsprungenes）仍有一种亵渎的冲动①。

策兰进入了某种不再是纯粹单义的或以"遮蔽-去蔽"为运作机制的渊深之境，这是一个"混合"的深渊，在那里，不再有时间和地点/位置的区分，不再有此岸-彼岸、内在-超越、形而上-形而下、主体-客体的区分，在那里，唯有巨大的开裂和无形者的聚集。在很多策兰晚期诗的寥寥数语里，读者能感到文本之渊的转动，它黑洞般吸收着阅读意识，改变我们对时空的一切理解。"显然，策兰那些极度省略（elliptic）的诗，具有产生复杂的、在时空上相当广阔的阐释学遭遇的潜能，其相互歧异的暗指与叙述层面互动并相互反射。这是一个开放而非封闭的系统，那些隐含的故事得到无限的演绎。"② 策兰不仅打开天、地、神、人的故事，他更打开诗的第六感去陌异化这四维，无限演绎它，在狭窄的文本内展开广阔的惊人的指涉。在1969年11月的一首诗里，策兰

---

① 见策兰回应荷尔德林的《图宾根，一月》（"Tübingen, Jänner"）："被说服/致盲的眼睛。/他们的——'纯粹的/起源是一个/谜'——，他们关于漂浮的荷尔德林塔楼/的记忆，被海鸥的嗡鸣/环绕"（Zur Blindheit über－/ redete Augen. / Ihre － "ein / Rätsel ist Rein－ / entsprungenes" －, ihre / Erinnerung an / schwimmende Hölderlintürme, möven－ / umschwirrt）（GW 1: 226）。策兰切断并小写了荷尔德林《莱茵河》一诗里的句子："纯粹的起源是一个谜"（Ein Räthsel ist Reinentsprungenes）。见 Hölderlin, *Selected Poems and Fragments*, 198. 讨论见 Aris Fioretos, "Nothing: History and Materiality in Celan," *Word Traces*, 295-341.

② Joel Golb, "Reading Celan: The Allegory of 'Hohles Lebensgehöft' and 'Engführung,'" *Word Traces*, 192.

写下：

> 号角位置
> 在烧得通红的
> 空文本深处，
> 在火把的高度，
> 在时间的洞里：
> 把你自己听进去
> 以那张嘴。

> Die Posaunenstelle
> tief im glühenden
> Leertext,
> in Fackelhöhe,
> im Zeitloch:
> hör dich ein
> mit dem Mund. (*GW* 3: 104)

《旧约》里号角吹响的时刻往往预示着犹太人与外邦的殊死战斗，《启示录》里天使吹响号角时则是冰雹与火焰从天而降、星辰灾异的世界末日。按《启示录》的预言，博兴斯坦认为此处"时间的洞"（Zeitloch）指的是"对具有时间性的东西的摧毁，它悬置了文本，为的是在时间之废止中唤起对于第二个文本的倾听，这与第七位天使解放的号角有关"①。沿这个预言，博兴斯坦把它读作一首末日之诗，它宣告另一个时间、另一个文本的降临。这首诗的

---

① 引自 Celan, *Breathturn into Timestead*, 621.

能量，然而，并不耗尽于对《圣经》的引用，它创造了一个"超时空"，从内部扭曲万物。"烧得通红的/空文本"首先就包含神秘：既指向《圣经》这本"燃烧之书"，如《出埃及记》里摩西目睹的燃烧但并不烧毁的荆棘之火，它显示超越的力量（费尔斯坦纳指出策兰的 Leertext 如何相近于 Lehrtext，即犹太教的"托拉文本"①，同时，它也指向某种物理意义上的"铸造"，这"空文本"（Leertext）被当作铁一样烧透并放射红光，"烧得通红"（glühenden）表明它放出巨大光和热，承受物理与化学转变。策兰曾言："那写下的掏空了自己，那/说出的，海般绿/在港湾里燃烧"，然而此时诗人把"掏空"和"燃烧"压缩入同一个短语："烧得通红的/空文本"。语言不仅能"说自己"（海德格尔），它还能"烧自己"，从内部点燃自己，将自己献祭。"烧得通红的文本"已有令人惊恐的含义（例如纳粹上台时的焚书事件），而"烧得通红的空文本"更把读者抛入烧灼的空无之中，仿佛文本被某种无形的东西从内部烧空，或者，竟是空无（Leer）本身在文本之内部燃烧，发出红光。1967 年的一首诗里，策兰同样提道："雾在燃烧/这热量悬于你体内"（Die Nebel brennen. / Die Hitze hängt sich in dich）（GW 2：211）。这已是一种无处不在的燃烧，似指向 60 年代越战中美军使用的燃烧汽油弹，其热量穿越时空进入诗人身体，经久不散。

　　策兰诗里任何东西不再能回到逻辑-存在-神学这条思想主线而不经历概念自身的错裂扭形，也不再能回到任何宗教-历史事件而不带着对创伤之物的无限重复。此诗中发出召唤的"号角位置"（Posaunenstelle），回应着立在"永远去掉窗户的小屋"（den für

---

① John Felstiner, Preface, *Selected Poems and Prose of Paul Celan*, trans. John Felstiner (New York: Norton, 2001), xxxv.

immer entfensterten Hütten）面前的"雪之声部"（Schneepart）（GW 2：345），穿透重重的符号扭曲，穿透文本之"无"与时间之"洞"的双重开裂，自"深处"传来，而认领这号角声的唯一方式却是一个不可能的要求——从根本上扭转听与说的关系："把你自己听进去/以那张嘴"（hör dich ein / mit dem Mund）①。此处发生的还不是一般认为的通感，听觉素材并没有被耳朵之外的感官捕获成某种印象。这是一个策兰式陌异化：借由"听"（hören）以"进入"（ein）所听之物即号角声，但此"进入"只能靠"嘴"来完成。齐泽克在评论蒙克（Edvard Munch）的名画《尖叫》（*The Scream*, 1893）时指出，声音作为客体（object）是听不见的，这声音卡在了主体的喉咙里，正如观者在画里看到的，这乃是"沉默的尖叫"："这结构性的喑哑已被该画作谋划在内了，它表现为这绝望的半人（homunculus）头上的耳朵之缺失，仿佛耳朵被从脸的象征性现实里预先排除之后，又以真实的扭形的污斑返回来，它的形式是一只巨大的耳朵。"② 策兰诗里的"嘴"似在呼应这号角，诗人似在要求一个声音，它能够"在已发生的事之后回应空文本"③，然而这嘴巴张开后的空无（如蒙克画作），不也延续了空文本与时间之洞的吸收性空无？这如耳朵一样努力去听的嘴，难道不正是一个随时可能发出深不可测之预言的扭形的真实界的开口/伤口？

策兰的诗伤到了哲学的根基处，也伤到了无远弗届的地方。一种至高意义上的诗只能是威胁到了至高者的诗，也即威胁到哲学，因为只有哲学从理论上"论证"了至高者，宗教只是"设定"

---

① einhören 是一个较生僻的词，意为"通过重复地听而理解、学会某样东西"（《杜登德语词典》）。
② Žižek, *Enjoy Your Symptom*!, 133-134.
③ Felstiner, Preface, xxxv.

结　语

了它。虽然我们不必把这里的燃烧的空文本（Leertext）看作从《圣经·创世纪》的"空虚混沌、渊面黑暗"的神圣空无中烧出一个世界的托拉文本（Lehrtext），以将策兰的意象归向宗教[①]，但我们至少能看到，至高者，无论在托拉意义上还是荷尔德林意义上，在策兰这里已进入自身燃烧的过程。燃烧虽是一种威胁，但不一定就是毁灭，策兰之后的诗和哲学要面对的，正是这样一种从自身基底而来的潜在的可毁灭性，它迫使我们进一步思考于现象界背后旋转的源渊（Ungrund）以及被我们自身所包裹的创造着的"无"，剥离它们之于表象的运作。相形之下，一切政治、伦理、美学问题都变成第二位的——它们不过是一个已有表象体系内的结构分支。置身于"烧得通红的/空文本"并把自己"听进去"，这于二战后的诗人与读者不啻为一个日常要求。所谓"真相"，如策兰的"晚来的玫瑰"，乃是"每日越剥越真"（mein täglich wahr- und wahrer- / geschundenes Später / der Rosen）（*GW* 1: 237）。

[①] Pajari Räsänen, "Counter-figures. An Essay on Antimetaphoric Resistance: Paul Celan's Poetry and Poetics at the Limits of Figurality," Dissertation, University of Helsinki, 2007. 331.

参考文献

中文书目

策兰. 保罗·策兰诗全集：第八卷 暗蚀. 孟明, 译. 上海：华东师范大学出版社, 2017.

黑格尔. 逻辑学（上、下卷）. 杨一之, 译. 北京：商务印书馆, 2016.

黑格尔. 精神现象学（上、下卷）. 贺麟, 王玖兴, 译. 北京：商务印书馆, 2016.

海德格尔. 林中路. 孙周兴, 译. 上海：上海译文出版社, 2004.

海德格尔. 路标. 孙周兴, 译. 北京：商务印书馆, 2013.

海德格尔. 尼采（下）. 孙周兴, 译. 北京：商务印书馆, 2010.

海德格尔. 演讲与论文集. 孙周兴, 译. 上海：三联书店, 2005.

尼采. 查拉斯图特拉如是说. 钱春绮, 译. 北京：三联书店, 2007.

布朗肖. 无尽的谈话. 尉光吉, 译. 南京：南京大学出版社, 2016.

弗洛伊德. 弗洛伊德后期著作选. 林尘, 张唤民, 陈伟奇, 译. 上海：上海译文出版社, 2005.

西文书目

Adler, Jeremy and Charlie Louth. Introduction. *Friederich Hölderlin: Essays and Letters*. London: Penguin, 2009. xv-lviii.

Adorno, Theodor W. *Aesthetic Theory*. Trans. Robert Hullot-Kentor. Minneapolis: U of Minnesota P, 1997.

——. "Cultural Criticism and Society." *Prisms*. Trans. Samuel and Shierry Weber. Cambridge: MIT P, 1983. 17-34.

Agamben, Giorgio. *Remnants of Auschwitz: The Witness and the Archive*. Trans. Daniel Heller-Roazen. New York: Zone Books, 1999.

Badiou, Alain. *Being and Event*. Trans. Oliver Feltham. New York: Continuum, 2006.

——. *Manifesto for Philosophy*. Trans. Norman Madarasz. Albany: SUNY P, 1999.

Baer, Ulrich. *Remnants of Song: Experience of Modernity in Charles Baudelaire and Paul Celan*. Stanford: Stanford UP, 2000.

Bambach, Charles. "Hölderlin and Celan: A Fragmented Poetics of Remembrance." *MLN* 135. 3 (2020): 635-657.

——. *Thinking the Poetic Measure of Justice: Hölderlin, Heidegger, Celan*. Albany: SUNY P, 2013.

Baudelaire, Charles. *Selected Poems*. Trans. Carol Clark. London: Penguin, 1995.

Beiser, Fredrick C. *German Idealism: The Struggle against Subjectivism, 1781—1801*. Cambridge, MA: Harvard UP, 2002.

Blanchot, Maurice. *A Voice from Elsewhere*. Trans. Charlotte Mandell. Albany: SUNY P, 2007.

——. *The Infinite Conversation*. Trans. Susan Hanson. Minneapolis: U of Minnesota P, 1993.

——. *The Step Not Beyond*. Trans. Lycette Nelson. Albany: SUNY P, 1992.

——. *The Writing of the Disaster*. Trans. Ann Smock. Lincoln: U of Nebraska P, 1995.

Bollack, Jean. *Paul Celan: Poetik der Fremdheit*. Trans. Werner Wögerbauer. Wien: Paul Zsolnay, 2000.

Buhanan, Kurt. " A-voiding Representation: Eräugnis and Inscription in Celan." *Semiotica: Journal of the International Association for Semiotic Studies* 213 (2016): 1–23.

Burger, Hermann. *Paul Celan: Auf der Suche nach der verlorenen Sprache*. Frankfurt am Main: Fischer, 2015.

Burnet, John. *Early Greek Philosophy*. Cleveland: The World Publishing Company, 1964.

Cameron, Esther. *Western Art and Jewish Presence in the Work of Paul Celan: Roots and Ramifications of the "Meridian" Speech*. New York: Lexington, 2014.

Celan, Paul. *Breathturn into Timestead: The Collected Later Poetry*. Trans. Pierre Joris. New York: Farrar, Straus and Giroux, 2014.

——. *Gesammelte Werke in Sieben Bänden*. Eds. Beda Allemann and Stefan Reichert. Frankfurt am Main: Suhrkamp, 2000.

——. *The Meridian: Final Version—Drafts—Materials*. Eds. Bernhard Böschenstein and Heino Schmull. Trans. Pierre Joris.

Standford: Stanford UP, 2011.

Celan, Paul and Ingeborg Bachmann. *Heizzeit: Der Briefwechsel*. Ed. Bertrand Badiou et al. Frankfurt am Main: Suhrkamp, 2008.

Celan, Paul and Nelly Sachs. *Correspondece*. Trans. Christopher Clark. New York: Sheep Meadow Press, 1995.

Chalfen, Israel. *Paul Celan: A Biography of His Youth*. Trans. Maximilian Bleyleben. New York: Persea, 1991.

Colin, Amy. *Paul Celan: Holograms of Darkness*. Bloomington: Indiana UP, 1991.

Comay, Rebecca. "Hegel's Last Words: Mourning and Melancholia at the End of the *Phenomenology*." *The Ends of History: Questioning the Stakes of Historical Reason*. Eds. Amy Swiffen and Joshua Nichols. London: Routledge, 2013. 141–160.

Connolly, Thomas C. *Paul Celan's Unfinished Poetics: Readings in the Sous-Oeuvre*. Cambridge: Legenda, 2018.

Dan, Joseph. "Paradox of Nothingness in the Kabbalah." *Argumentum e Silentio: International Paul Celan Symposium*. Ed. Amy D. Colin. Berlin: Walter de Gruyter, 1987. 359–363.

Davey, Nicholas. Introduction. *Thus Spake Zarathustra* by Friedrich Nietzsche. Trans. Thomas Common. Ware: Wordsworth, 1997. ix–xxx.

Del Caro, Adrian. *The Early Poetry of Paul Celan: In the beginning was the word*. Baton Rouge: Louisiana State UP, 1997.

——. "Paul Celan's Uncanny Speech." *Philosophy and Literature* 18. 2 (1994): 211–224.

Derrida, Jacques. *Cinders*. Trans. Ned Lukacher. Lincoln: U of Nebraska P, 1991.

——. *Sovereignties in Question: The Poetics of Paul Celan*. Eds. Thomas Dutoit and Outi Pasanen. New York: Fordham UP, 2005.

Eldridge, Hannah Vandegrift. "Gespräch, Gesang: Music, Dialogue, and the Human in Celan and Hölderlin." *MLN* 135. 3 (2020): 658–678.

Eschel, Amir. "Paul Celan's Other: History, Poetics, and Ethics." *New German Critique* 91 (2004): 57–77.

Fairley, Ian. "When and Where?: Paul Celan's *Fadensonnen*." *Paul Celan: Fathomsuns and Benighted*. Trans. Ian Fairley. New York: Sheep Meadow Press, 2001. 3–27.

Feldman, Daniel. "Writing Nothing: Negation and Subjectivity in the Holocaust Poetry of Paul Celan and Dan Pagis." *Comparative Literature* 66. 4 (2014): 438–458.

Felstiner, John. *Paul Celan: Eine Biographie*. Trans. Holger Fliessbach. München: C. H. Beck, 2014.

——. *Paul Celan: Poet, Survivor, Jew*. New Haven: Yale UP, 1995.

——. Preface. *Selected Poems and Prose of Paul Celan*. Trans. John Felstiner. New York: Norton, 2001. xiv–xxxvi.

Feng, Dong. "Collapsing the Absolute: Early Celan and the Post-Romantic Strangeness." *Partial Answers: Journal of Literature and the History of Ideas* 16. 2 (2018): 205–224.

Fioretos, Aris. "Nothing: History and Materiality in Celan." Fioretos 295–341.

——, ed. *Word Traces: Readings of Paul Celan*. Baltimore:

Johns Hopkins UP, 1994.

Frank, Manfred. *The Philosophical Foundations of Early German Romanticism*. Trans. Elizabeth Millán-Zaibert. Albany: SUNY P, 2004.

Freud, Sigmund. *Beyond the Pleasure Principle*. *The Penguin Freud Reader*. Ed. Adam Phillips. London: Penguin, 2006. 132–195.

——. *Gesammelte Werke*. Köln: Anaconda, 2014.

——. *New Introductory Lectures on Psycho-Analysis*. *The Standard Edition of the Complete Psychological Works of Sigmund Freud: Volume 22*. Eds. James Strachey et al. London: Hogarth, 1981.

——. "The Uncanny." *The Standard Edition of the Complete Psychological Works of Sigmund Freud: Volume 17*. Eds. James Strachey et al. London: Hogarth, 1981. 217–256.

Fynsk, Christopher. "The Realities at Stake in a Poem: Celan's Bremen and Darmstadt Addresses." Fioretos 159–284.

Gadamer, Hans-Georg. *Gadamer on Celan: "Who Am I and Who Are You?" and Other Essays*. Trans. Richard Heinemann and Bruce Krajewski. Albany: SUNY P, 1997.

——. *Wer bin Ich und wer bist Du?: Ein Kommentar zur Paul Celans Atemkristall*. Frankfurt am Main: Suhrkamp, 1973.

Golb, Joel. " Reading Celan: The Allegory of ' Hohles Lebensgehöft' and 'Engführung.' " Fioretos 185–218.

Grant, Iain Hamilton. *Philosophies of Nature after Schelling*. London: Continuum, 2006.

Groves, Jason. " 'The Stone in the Air': Paul Celan's Other Terrain." *Environment and Planning D: Society and Space* 29. 3 (2011): 469–484.

Hamacher, Werner. "The Second of Inversion: Movements of a Figure through Celan's Poetry." *Fioretos* 219 – 263.

Hamburger, Michael. Introduction. *Paul Celan: Poems.* Trans. Michael Hamburger. New York: Persea, 1980. 13 – 25.

Hamilton, John T. "Florilegia: Influence and Cross-Pollination between Celan and Hölderlin, Pindar and Horace." *MLN* 135. 3 (2020): 600 – 619.

Hegel, G. W. F. *The Difference Between Fichte's and Schelling's System of Philosophy.* Trans. H. S. Harris and Walter Cerf. Albany: SUNY P, 1977.

——. *Hegel's Science of Logic.* Trans. A. V. Miller. New York: Humanity Books, 1969.

——. *Phänomenologie des Geistes.* Stuttart: Reclam, 1987.

——. *Wissenschaft der Logik.* Frankfurt am Main: Suhrkamp, 1986. 2 vols.

Heidegger, Martin. *Contributions to Philosophy (from Enowning).* Trans. Parvis Emad and Kenneth Maly. Indianapolis: Indiana UP, 2000.

——. *The Event.* Trans. Richard Rojcewicz. Indianapolis: Indiana UP, 2013.

——. *Hegel's Phenomenology of Spirit.* Trans. Parvis Emad and Kenneth Maly. Indianapolis: Indiana UP, 1994.

——. *Holzwege.* Frankfurt am Main: Klostermann, 2015.

——. *Introduction to Metaphysics.* Trans. Gregory Fried and Richard Polt. New Haven: Yale UP, 2014.

——. *Reden und andere Zeugnisse eines Lebensweges: 1910—1976.* Frankfurt am Main: Vittorio Klostermann, 2000.

———. *Sein und Zeit*. Tübingen: Max Niemeyer, 2006.

———. *Unterwegs zur Sprache*. Frankfurt am Main: Vittorio Klostermann, 1985.

———. *Vorträge und Aufsätze*. Frankfurt am Main: Vittorio Klostermann, 2000.

———. *Wegmarken*. Frankfurt am Main: Klostermann, 2013.

Heynders, Odile. "Die Doppelrolle des Dichters: Spuren von Kleist, Büchner und Nietzsche in Texten Paul Celans." *German Studies Review* 18. 1 (1995): 87–113.

Hillard, Derek. "Critical Moments: Paul Celan and Figurations of Madness." Diss. Indiana U, 2001.

———. *Poetry as Individuality: The Discourse of Observation in Paul Celan*. Lewisburg: Bucknell UP, 2010.

Hirano, Yoshihiko. *Toponym als U-topie bei Paul Celan: Auschwitz-Berlin-Ukraine*. Würzburg: Königshausen & Neumann, 2011.

Hoffmann, E. T. A. *Tales*. Ed. Victor Lange. New York: Continnum, 1982.

Hölderlin, Friedrich. *Selected Poems and Fragments*. Ed. Jeremy Adler. Trans. Michael Hamburger. London: Penguin, 1998.

Houlgate, Stephen. *The Opening of Hegel's Logic: From Being to Infinity*. West Lafayette, IN: Purdue UP, 2006.

Jackson, John E. *Paul Celan: Contre-parole et absolu poétique*. Paris: Éditions Corti, 2013.

Janz, Marlies. *Vom Engagement absoluter Poesie: Zur Lyrik und Ästhetik Paul Celans*. Frankfurt am Main: Syndikat, 1976.

Kafka, Franz. *Gesammelte Werke*. Köln: Anaconda, 2012.

Kant, Immanuel. *Critique of Pure Reason*. Trans. Marcus Weigelt and Max Müller. London: Penguin, 2007.

Kligerman, Eric. *Sites of the Uncanny: Paul Celan, Specularity and the Visual Arts*. Berlin: Walter de Gruyter, 2007.

Koch, Julian Johannes Immanuel. "Effigies or Imaginary Affinities?: The Conception of the Image in the Poetry and Poetics of Paul Celan and André du Bouchet." Diss. Queen Mary University of London, 2017.

Kunisch, Hans-Peter. *Todtnauberg: Die Geschichte von Paul Celan, Martin Heidegger und ihrer unmöglichen Begegnung*. München: dtv Verlagsgesellschaft, 2020.

Lacan, Jacques. *The Seminar of Jacques Lacan, Book XI: The Four Fundamental Concepts of Psychoanalysis*. Trans. Alan Sheridan. New York: Norton, 1998.

Lacoue-Labarthe, Philippe, and Jean-Luc Nancy. *The Literary Absolute: The Theory of Literature in German Romanticism*. Trans. Philip Barnard and Cheryl Leser. Albany: SUNY P, 1988.

Lacoue-Labarthe, Philippe. *Poetry as Experience*. Trans. Andrea Tarnowski. Stanford: Stanford UP, 1999.

——. *Typography: Mimesis, Philosophy, Politics*. Ed. Christopher Fynsk. Stanford: Stanford UP, 1989.

Liska, Vivian. "'Roots Against Heaven': An Aporetic Inversion in Paul Celan." *New German Critique* 91 (2004): 41-56.

——. *When Kafka Says We: Uncommon Communities in German-Jewish Literature*. Indianapolis: Indiana UP, 2009.

Lyon, James K. *Paul Celan and Martin Heidegger: An Unresolved Conversation, 1951—1970*. Baltimore: Johns Hopkins UP, 2006.

Lyotard, Jean-François. *Discourse, Figure*. Trans. Antony Hudek and Mary Lydon. Minneapolis: U of Minnesota P, 2011.

——. *Heidegger and "the jews."* Trans. Andreas Michel and Mark Roberts. Minneapolis: U of Minnesota P, 1990.

Masschelein, Anneleen. *The Unconcept: The Freudian Uncanny in Late-Twentieth-Century Theory*. Albany: SUNY P, 2011.

Meyer, Marvin W., ed. *The Nag Hammadi Scriptures: The Revised and Updated Translation of Sacred Gnostic Texts*. New York: HarperOne, 2007.

Millán-Zaibert, Elizabeth. *Friedrich Schlegel and the Emergence of Romantic Philosophy*. Albany: SUNY P, 2007.

Mitchell, Andrew J. *The Fourfold: Reading the Late Heidegger*. Evanston: Northwestern UP, 2015.

Nägele, Rainer. "Paul Celan: Configurations of Freud." *Reading after Freud: Essays on Hölderlin, Habermas, Nietzsche, Brecht, Celan, and Freud*. New York: Columbia UP, 1987. 135–68.

Nancy, Jean-Luc. *The Birth to Presence*. Trans. Brian Holmes et al. Stanford: Stanford UP, 2009.

——. *The Ground of the Image*. Trans. Jeff Fort. New York: Fordham UP, 2005.

——. *The Muses*. Trans. Peggy Kamuf. Stanford: Stanford UP, 1996.

Nassar, Dalia. *The Romantic Absolute: Being and Knowing in Early German Romantic Philosophy, 1795—1804*. Chicago: U of Chicago P, 2014.

Nietzsche, Friedrich. *The Gay Science*. Trans. Walter Kaufmann. New York: Vintage, 1974.

——. *Gesammelte Werke*. Köln: Anaconda, 2012.

Novalis. *Fichte Studies*. Ed. Jane Kneller. Cambridge: Cambridge UP, 2003.

——. *Gesammelte Werke*. Frankfurt am Main: Fisher, 2008.

Pajević, Marko. "The Stance in the Poetics of Paul Celan." *German Life and Letters* 54. 4 (2001): 345-351.

Pascal, Blaise. *Pensées*. Trans. A. J. Krailsheimer. London: Penguin, 1995.

Pöggeler, Otto. "Mystical Elements in Heidegger's Thought and Celan's Poetry." Fioretos 75-109.

Räsänen, Pajari. "Counter-figures. An Essay on Antimetaphoric Resistance: Paul Celan's Poetry and Poetics at the Limits of Figurality." Diss. University of Helsinki, 2007.

Rasmussen, Kim Su. "The Inconclusive Text: On Paul Celan's 'Blume.'" *Seminar: A Journal of Germanic Studies* 51. 3 (2015): 213-224.

Rilke, R. M. *Gesammelte Werke*. Köln: Anaconda, 2013.

——. *The Lay of the Love and Death of Cornet Christopher Rilke*. Trans. M. D. Herter. New York: Norton, 1963.

Rosen, Stanley. *The Idea of Hegel's Science of Logic*. Chicago: U of Chicago P, 2014.

Ryan, Judith. "Die 'Lesbarkeit der Welt' in der Lyrik Paul Celans." *Psalm und Hawdalah Zum Werk Paul Celans*. Ed. Joseph P. Strelka. Bern: Peter Lang, 1987. 14-21.

——. *Rilke, Modernism and Poetic Tradition*. Cambridge: Cambridge UP, 2004.

Ryland, Charlotte. *Paul Celan's Encounters with Surrealism: Trauma, Translation and Shared Poetic Space*. London: Legenda, 2010.

Salminen, Antti. "Falling Upwards: Paul Celan's Poetics of the Abyss." *Partial Answers: Journal of Literature and the History of Ideas* 10. 2 (2012): 223 – 240.

——. "Meridian Zero: Nothings of Celan and Heidegger Compared." *Angelaki: Journal of the Theoretical Humanities* 17. 3 (2012): 75 – 84.

Samuels, Clarise. *Holocaust Visions: Surrealism and Existentialism in the Poetry of Paul Celan.* Rochester: Camden House, 1993.

Scholem, Gershom. *Major Trends in Jewish Mysticism.* New York: Schocken, 1995.

Sjöberg, Sami. "Not Yet: Three Modern Jewish Meontologies." *Angelaki: Journal of the Theoretical Humanities* 17. 3 (2012): 55 – 63.

Steiner, George. *Poetry of Thought: From Hellenism to Celan.* New York: New Directions, 2011.

Stephens, Anthony. "The Concept of Nebenwelt in Paul Celan's Poetry." *Seminar: A Journal of Germanic Studies* 9. 3 (1973): 229 – 252.

Stewart, Corbet. "Paul Celan's Modes of Silence: Some Observations on 'Sprachgitter.' " *The Modern Language Review* 67. 1 (1972): 127 – 142.

Szondi, Peter. *Celan Studies.* Trans. Susan Bernofsky and Harvey Mendelsohn. Stanford: Stanford UP, 2003.

Tobias, Rochelle. *The Discourse of Nature in the Poetry of Paul Celan: The Unnatural World.* Baltimore: Johns Hopkins

UP, 2006.

Tucker, Brian. "Rebuke: From Trope to Event in Paul Celan's 'Zähle die Mandeln.'" *The German Quarterly* 86. 3 (2013): 257–274.

Villwock, Peter. "Celan und Nietzsche: Gespräch im Gebirg." *Nietzsche-Studien* 41. 1 (2012): 388–411.

Wachsmann, Nikolaus. *KL: A History of the Nazi Concentration Camps*. New York: Farrar, Straus and Giroux, 2016.

Washburn, Katharine. Introduciton. *Last Poems* by Paul Celan. Trans. Katharine Washburn and Margret Guillemin. San Fransisco: North Point Press, 1986. v–xxxv.

Wolfson, Elliot R. "Nihilating Nonground and the Temporal Sway of Becoming: Kabbalistically Envisioning Nothing Beyond Nothing." *Angelaki: Journal of the Theoretical Humanities* 17. 3 (2012): 31–45.

Ziarek, Krzysztof. *Inflected Language: Toward a Hermeneutics of Nearness: Heidegger, Levinas, Stevens, Celan*. Albany: SUNY P, 1994.

Žižek, Slavoj. *Absolute Recoil: Towards A New Foundation of Dialectical Materialism*. London: Verso, 2015.

——. *Disparity*. London: Bloomsbury, 2016.

——. *Enjoy Your Symptom!: Jacques Lacan in Hollywood and Out*. New York: Routledge, 2008.

图书在版编目(CIP)数据

深海之镜:保罗·策兰的陌异诗学 / 冯冬著. —南京:南京大学出版社,2021.7
 ISBN 978-7-305-24452-0

Ⅰ.①深… Ⅱ.①冯… Ⅲ.①保罗·策兰-诗歌研究 Ⅳ.①I516.072

中国版本图书馆 CIP 数据核字(2021)第 082781 号

出版发行	南京大学出版社		
社　　址	南京市汉口路 22 号	邮　编	210093

出 版 人　金鑫荣

书　　名　**深海之镜:保罗·策兰的陌异诗学**
著　　者　冯　冬
责任编辑　沈卫娟
照　　排　南京紫藤制版印务中心
印　　刷　江苏苏中印刷有限公司
开　　本　880×1230　1/32　印张 6.875　字数 164 千
版　　次　2021 年 7 月第 1 版　2021 年 7 月第 1 次印刷
ISBN　978-7-305-24452-0
定　　价　56.00 元

网　　址:http://www.njupco.com
官方微博:http://weibo.com/njupco
官方微信:njupress
销售咨询:(025)83594756

* 版权所有,侵权必究
* 凡购买南大版图书,如有印装质量问题,请与所购
图书销售部门联系调换